DIMMI DI CORRERE

CHARLOTTE BYRD

BYRD BOOKS, LLC

COPYRIGHT

A PROPOSITO DI DIMMI DI CORRERE

Dal primo momento in cui ci siamo incontrati, Nicholas Crawford è stato un enigma.

È un uomo con un passato sconosciuto e un futuro misterioso.

È un criminale, un bugiardo, un manipolatore e l'amore della mia vita.

Sono diventata una criminale per lui.

L'ho salvato e ora è il suo turno di fare qualcosa per me.

Quando scopro che tutto quello che credevo

riguardo alla mia famiglia è una bugia, ho bisogno del suo aiuto per scoprire la verità.

Chi sono?

Da dove vengo?

Perché così tanti inganni?

Sono in un posto buio e sono tutta sola, e lui è l'unica persona che mi può tirare fuori di qui.

Lui è la mia unica speranza, ma se non fosse abbastanza?

"Decadente, delizioso e pericolosamente coinvolgente!" – Recensione ★★★★★

"Stuzzicante e magistralmente intrecciato, nessun lettore può resistere alla sua attrazione. UN MUST!" Bobbi Koe, recensione ★★★★★

"Accattivante" - Crystal Jones, recensione ★★★★★

"Eccitante, intenso, sensuale" - Rock, recensione ★★★★★

"Sexy, misterioso, che trasuda passione..." - Mrs. K, recensione ★★★★★

"Charlotte Byrd è una scrittrice brillante. Ho letto molto, e ho riso e pianto. Ha scritto un libro bilanciato con personaggi brillanti. Ben fatto!" – Recensione ★★★★★

"Veloce, oscuro, coinvolgente e avvincente" – Recensione ★★★★★

"Hot, avvolgente, e una trama fantastica." - Christine Reese ★★★★★

"Mio Dio... Charlotte mi ha reso un fan per tutta la vita." - JJ, recensione ★★★★★

"La tensione e la chimica sono al massimo livello d'allarme." - Sharon, recensione ★★★★★

"Spinto, scxy, intrigante viaggio di Ellie e del signor Aiden Black. - Robin Langelier ★★★★★

"Wow. Semplicemente wow. Charlotte Byrd mi lascia senza parole... Mi ha sicuramente tenuta sul bordo della sedia. Una volta iniziato, non lo riporrete più." – Recensione ★★★★★

"Sexy, appassionante e accattivante!" - Charmaine, recensione ★★★★★

"Intrighi, desiderio e grandi personaggi... cosa chiedere di più?!" - Dragonfly Lady ★★★★★

"Un libro fantastico. Estremamente coinvolgente, accattivante e un'interessante lettura sexy. Non riuscirei a smettere di leggerlo." - Kim F, recensione ★★★★★

"Semplicemente la storia migliore. Tutto quello che mi piace leggere, e molto di più. Una storia così bella che la rileggerei ancora e ancora. Da custodire con cura!!" - Wendy Ballard ★★★★★

"Ha la quantità perfetta di colpi di scena. Ho subito stabilito un legame con l'eroina e, naturalmente, con Mr. Black. YUM. È sexy, è sfacciato, è appassionante. È tutto." - Khardine Gray, autrice di romanzi bestseller ★★★★★

ISCRIVITI ALLA MAILING LIST E READER CLUB DI CHARLOTTE BYRD

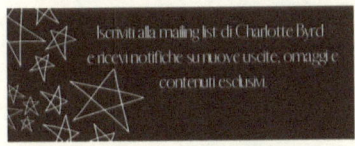

A PROPOSITO DI CHARLOTTE BYRD

CHARLOTTE BYRD è un'autrice best seller di molti romanzi rosa. Vive nella California del sud con suo marito, il figlio e un Australian Shepherd pazzerello. Ama i libri, il caldo e le acque crystalline.

Scrivile a:

charlotte@charlotte-byrd.com

Puoi dare un'occhiata ai suoi libri su:

www.charlotte-byrd.com

Seguila qui:

www.facebook.com/charlottebyrdbooks

Instagram: www.instagram.com/charlottebyrdbooks

Twitter: www.twitter.comByrdAuthor

Facebook Group: Charlotte Byrd's Reader Club

Iscriviti alla mailing list di Charlotte Byrd
e ricevi notifiche su nuove uscite, omaggi e contenuti
esclusivi.

Puoi anche iscriverti al gruppo Facebook,
Charlotte Byrd's Reader Club, per
partecipare a esclusivi giveaways e scoprire le
anticipazioni sui miei prossimi lavori.

1

OLIVE

È possibile fare sesso con più di una persona contemporaneamente, anche se non è possibile amare più di una persona contemporaneamente."

Questo è ciò che Sydney dice quando le chiedo di raccontarmi cosa sta succedendo nella sua vita.

Siamo sedute nella sala d'aspetto con le gambe incrociate, una di fronte all'altra. Tengo in mano una tazzina di carta piena di caffè nero che mi ha comprato dal distributore automatico.

Due sorsi dopo, tutto il liquido è sparito e la mia lingua è in fiamme.

Vuole parlare di Owen e delle sue condizioni mediche.

Vuole tenermi per mano e abbracciarmi mentre piango.

Ma io voglio che mi parli di tutte le persone con cui lei e James hanno dormito negli ultimi due mesi.

Ho trascorso quasi cinque giorni qui, respirando l'aria viziata e riciclata e camminando su e giù per i lucidi pavimenti scricchiolanti.

Conosco quasi tutte le infermiere per nome e i turni che fanno di solito. So quanti bambini hanno e quanti uomini le hanno deluse.

Il tempo passa lentamente, qui al quarto piano, e quando si verificano scoppi di eccitazione, non sono particolarmente affermativi della vita.

Nicholas pensa che non dovrei passare così tanto tempo qui, anche se smette di dirmelo molto presto.

Mia madre, invece, no. Ha visitato Owen due volte da quando è andato in coma e ogni visita è stata solo di un'ora o giù di lì.

Quando le chiedo perché non rimanga più a lungo,

dice che tornerà se le sue condizioni cambieranno, ma ha la sua vita da condurre.

"*Se* le sue condizioni cambieranno."

Non mi fa nemmeno la cortesia di dire *quando*.

Questa è solo un'altra bugia, ovviamente. Sappiamo entrambe che non c'è molto altro da fare oltre a stare sulla sua poltrona reclinabile a guardare ore di televisione mentre fuma.

Dato che le sedie qui hanno schienali dritti e imbottiture sottili e ci sono cartelli che vietano di fumare ovunque, Owen dovrebbe probabilmente considerarsi fortunato di aver ricevuto visita le poche volte che lo ha fatto.

"Sei sicura di volere che ne parli?" Chiede Sydney, spostando il suo peso da un lato all'altro della sedia.

Le è sempre piaciuto il cibo e il corpo che derivava da quell'indulgenza, ma durante il suo periodo alle Hawaii, sembrava aver guadagnato qualche chilo.

"I tuoi seni sembrano... più grandi, se possibile," sottolineo.

I suoi occhi si illuminano. "Sì, lo sono. Ho preso un

po' di peso e, fortunatamente, mi è sembrato che sia andato nel petto."

"Scommetto che a James faccia piacere." Sorrido.

"Gli piace tutto," dice, facendo scorrere il dito indice su e giù per le sue curve. "Non ne ha mai abbastanza."

Conosco Sydney da abbastanza tempo da ricordare quando lottava per accettare sé stessa.

Ci sono state molte diete improvvise, digiuni d'acqua di cinque giorni e ore in palestra. Tutto questo sforzo ha prodotto solo risultati temporanei.

Mentre ammiro la donna che è diventata, mentirei se non ammettessi che ero anche più che solo un po' gelosa.

Anche se sono solo un po' sovrappeso in base alla terribile scala dell'indice di massa corporea, odio ogni mio rotolo e curva.

Voglio sembrare perfetta, anche se so che non esiste nulla del genere. Voglio sembrare tonica, in forma e con una vita stretta. Voglio avere il tipo di corpo che penso che Nicholas meriti (anche se è più che felice con quello che ho).

Questo è il mio sporco, piccolo segreto, quello che nessuno conosce tranne me. Nessuno, nemmeno Sydney, che sa tutto.

Infilo le dita nel pacchetto di patatine e me ne infilo una manciata in bocca.

Quando lecco le dita per mangiare le briciole, annuisco perché continui.

"Non dobbiamo parlarne," sussurra, guardandosi intorno.

La sala d'attesa è deserta e c'è meno di mezzo metro tra di noi.

"Mi piacerebbe saperne di più perché mi... distrarrebbe e ho bisogno di distrazioni. Ma se non vuoi condividere, va bene."

I suoi occhi si illuminano quando si avvicina a me. "Non ho mai provato nulla di simile, prima," dice, leccandosi le labbra.

"Cosa intendi?"

"Beh, con il mio ex... non gli piaceva niente del genere, era piuttosto conservatore in camera da letto. Quindi, dopo che ci siamo lasciati, sono andata in alcuni di questi club da sola. Ma farlo con un uomo che amo... è semplicemente... non c'è niente di simile."

Si gira i capelli tra le dita e guarda il soffitto come una studentessa innamorata.

"Che tipo di cose hai fatto?" Chiedo.

Fa un respiro profondo prima di darmi tutti i dettagli.

Hanno fatto sesso con due coppie e poi con due coppie contemporaneamente.

Hanno fatto sesso con una donna single che voleva solo stare con lei.

È stata con due uomini contemporaneamente, uno dei quali era James.

"Cosa ti piace di più?" Chiedo.

"Ogni volta è un'esperienza diversa. Le persone sono diverse. Esistono diversi livelli di chimica fisica ed emotiva. Mi piace questa coppia che ci abbiamo incontrato un paio di volte, ma è anche perché li conoscevamo abbastanza bene. Siamo usciti a cena, in discoteca, quel genere di cose."

"E tutto questo non ha un impatto negativo sulla tua relazione? Voglio dire, c'è gelosia, risentimento o qualcosa del genere?"

"No." Sydney scuote la testa. "Ho pensato che forse ci sarebbe stato all'inizio, ma dal momento che abbiamo iniziato proprio all'inizio, penso che sia ciò che ci ha aiutato a evitare tutto ciò."

"Ma lo fate sempre insieme? Siete sempre entrambi nella stanza quando succede?" Chiedo.

"Sì." Lei annuisce. "Questa è l'unica regola. Entrambi dobbiamo essere lì."

2

OLIVE

QUANDO LO VEDO...

Non mi aspetto che Sydney rimanga più di qualche ora, ma si rifiuta di andarsene senza di me. Ci rannicchiamo su quelle sedie rosa chiaro con le gambe sottili e parliamo per ore come se fossimo di nuovo al college.

Un'infermiera ci porta delle coperte per tenerci al caldo e ci dà il telecomando per cambiare canale, ma spegniamo semplicemente la televisione e nascondiamo la testa dietro al suo telefono guardando i nostri video preferiti su YouTube.

Non mi ci vuole molto per rilassarmi e dimenticare perché entrambe siamo qui.

Alla fine, verso l'una del mattino, dopo l'ennesimo

caffè e l'ennesima Red Bull, Sydney mi chiede di portarla a vedere Owen.

"Solo se prometti di tornare a casa," dico.

"Andrò a casa solo quando lo farai anche tu."

Sorrido e le faccio un cenno.

"Stai davvero pensando di dormire qui?"

"Non lo so," lo ammetto.

Ho già trascorso alcune notti su quelle sedie, prima, e non erano affatto confortevoli.

"Hai bisogno di dormire davvero, Olive. Non stai facendo nulla di buono stando in questo modo."

Ha ragione, ovviamente. Ho bisogno di prendermi cura di me stessa, in modo da poter essere lì per Owen.

"Ho solo... paura di lasciarlo," dico.

Questa è la prima volta che ammetto ad alta voce questa paura e mi fa venire i brividi.

Lei aspetta che spieghi.

Vado più in dettaglio che posso riguardo alla

sparatoria, prima di iniziare a sentirmi male fisicamente e prima di allontanarmi da lei.

"Andrà tutto bene," dice, anche se sappiamo entrambe che è una bugia.

Vorrei crederle, ma tutti i segni indicano che non lo sarà.

Ci sono uomini molto cattivi che vogliono morto mio fratello e nulla li fermerà finché non lo uccideranno.

"Non credo che sia al sicuro, qui," dico finalmente. "Solo in questa stanza. Non ci sono guardie e chiunque può venire qui e... finire il lavoro."

La mia voce si spezza al pensiero.

Certo, so che non c'è molto che possa fare per fermarli se arrivassero, ma solo essere qui mi fa sentire come se stessi impedendo che accada qualcosa.

"Cosa ne pensa Nicholas al riguardo?" Chiede Sydney.

Alzo le spalle e distolgo lo sguardo.

La mia presenza qui è stata la fonte di numerose discussioni.

Sa che qualcuno segue Owen ed è per questo che vuole che io rimanga il più lontano possibile da questo posto.

Non sembra capire il fatto che sia mio fratello e che gli voglia bene.

Sono tutto quello che ha ed è l'unica famiglia che ho.

"Hai Nicholas, però," sottolinea Sydney. "Ti ama ed è per questo che non vuole che tu stia qui."

Alzo le spalle e guardo il pavimento.

"Che cosa? Cosa c'è che non va?" Chiede.

"Non so se sia vero," ammetto.

"Cosa intendi?"

Non volevo approfondire la cosa questa sera, ma dato che lei è qui e non parliamo da quello che sembra un milione di anni, le parole escono da sole.

"Non sono sicura che mi ami perché non ce lo siamo ancora detto," dico.

Lei scuote la testa.

Sa del mio problema con quella parola.

Sa quanto sia difficile per me dirlo, ma si aspettava che Nicholas sarebbe stato quello che avrebbe preso l'iniziativa.

Sarebbe stato lui a dirmi come si sente e questo mi avrebbe costretta ad ammettere i miei sentimenti per lui.

Ma, con mia grande delusione, nulla di tutto ciò è successo.

"Deve amarti," dice sottovoce. "Potrebbe solo avere lo stesso tipo problema che hai tu."

"Quali sono le possibilità?" Chiedo, alzando gli occhi al cielo. "Quali sono le possibilità che siamo solo due persone stordite emotivamente rispetto a due persone che si piacciono ma che non si amano davvero?"

"Non dire così," dice. "Tu lo ami. So che è così."

Mi tocco le nocche con l'indice.

Ha ragione.

Lo amo.

Ed è quello che fa così male. Non riesco a

pronunciare le parole ad alta voce, soprattutto perché non lo ha fatto lui per primo.

Non molto tempo fa, ho pensato di potermi costringere a farlo una volta che l'avessi sentito dirlo.

Ma ora... è passato un po' di tempo e non ha detto nulla.

E più passa il tempo, più penso che forse non mi ami affatto.

"È preoccupato per te, Olive. Non vuole che tu sia qui nel caso succeda qualcosa di brutto a Owen."

Quando i nostri occhi si incontrano mi chiedo come non riesca a capire cosa sto attraversando.

Non vede che è *esattamente* per questo che devo essere qui?

Owen è mio fratello e devo fare tutto ciò che è in mio potere per proteggerlo.

Anche se non c'è molto che io possa fare.

Anche se sembra inutile.

Devo essere qui perché non mi perdonerei mai per non esserci stata se dovesse succedere qualcosa.

"Dimmi di più su ciò che tua madre ha detto," insiste Sydney. "A proposito di come non sia davvero tuo fratello."

Mi mordo il labbro.

Non so nemmeno da dove cominciare.

"È solo venuta qui e ha lanciato questa bomba," ripeto quello che le ho detto prima.

Anche se ho già detto queste parole, prima, le sento lontane come prima.

Secondo lei, Owen non è mio fratello.

Secondo lei, non è mia madre.

L'unica famiglia che avevo, ora è andata.

Eppure, quando ci penso, sono ancora lì.

Non riesco a pensarli come nient'altro che mia madre e mio fratello. Senza di loro, sono persa come un astronauta che ruota nello spazio.

Mi alzo per prendere un'altra tazza di caffè dal distributore automatico. Ed è quando lo vedo.

3

OLIVE

QUANDO CERCO LA VERITÀ...

Entra nella stanza con le spalle larghe e gli occhi alla ricerca dei miei. Quando mi vede, si precipita, avvolgendomi le braccia attorno alle spalle e travolgendomi con un forte aroma di cannella.

La mia bocca inizia a salivare ancor prima che tiri fuori un pacchetto di pasticcini dalla sua borsa.

"Oh mio Dio, hanno un profumo delizioso," dico, leccandomi le labbra.

Mi avvicino per sbirciare dentro ma Nicholas si allontana.

"Puoi averne uno solo se prometti di tornare a casa e riposarti un po'," dice severamente.

Inclino la testa da un lato.

Sto per protestare ma Sydney mi prende la borsa dalla mano e inizia a tirarmi via da lui.

"Che cosa stai facendo?" Chiedo.

I miei piedi fanno qualche passo verso la porta prima di rendermi conto di cosa stia succedendo.

Non c'è nient'altro che desideri di più in questo mondo se non sistemarmi nel mio letto e dormire ininterrottamente, ma non posso lasciare Owen da solo.

"No, non posso." La spingo via.

"Ecco perché sono qui," dice Nicholas. "Ecco perché ho portato il mio laptop. Ho del lavoro da recuperare e rimarrò qui per tutto il tempo necessario."

Continuo a ribattere, ma la conversazione è praticamente finita.

Nicholas ha sollevato la sua causa e, con i miei occhi che si fanno pesanti e le mie spalle che si abbassano, il mio corpo sta cedendo.

Sydney e io troviamo un passaggio e arriviamo a casa nostra quindici minuti dopo.

Ci dirigiamo direttamente nelle nostre camere da letto, ma non prima di chiarire ciò che mia madre mi ha detto di Owen.

"È innamorato di te?" Chiede Sydney. "Come fa a saperlo?"

"Glielo ha detto lui. Era ubriaco e fatto e stavano parlando della vita, e glielo ha semplicemente detto."

Non so come altro spiegarlo.

Questo è tutto quello che so.

È tutto ciò che potrò sapere fino a quando non si sveglierà.

"Pensi che ti stia dicendo la verità?" Chiede Sydney.

Questa domanda sta facendo avanti e indietro nella mia testa da un po' di tempo.

Mia madre ha mentito su moltissime cose e non le darei molta fiducia.

"Forse," dico infine con un'alzata di spalle. "Forse è solo un gioco malato a cui sta giocando. Non lo so."

"Allora dovresti fare un test del DNA," afferma Sydney.

Ci fermiamo a quello e ci diciamo buonanotte.

Sono così stanca che mi addormento rapidamente, ma la notte non è riposante.

Mi giro e rigiro, svegliandomi ogni poche ore.

Ogni volta che apro gli occhi, mi viene in mente lo stesso pensiero: quando posso fare quel test del DNA?

LE SETTIMANE seguenti sono un ricordo sfocato, come le precedenti.

Trascorro le mie giornate oscillando tra l'attesa che Owen si svegli e l'attesa che qualcuno venga qui e finisca il lavoro.

Non succede né l'una né l'altra cosa, lasciandomi in uno stato di purgatorio.

Fortunatamente, Nicholas, Sydney e James sono abbastanza gentili da togliermi un po' di peso dalle spalle.

James è in città a visitare Sydney, e anche lui insiste

per fare alcuni turni durante la notte, anche se insisto sul fatto che non sia necessario.

Odio ammetterlo, ma è bello essere di nuovo a Boston. Sento di avere una parvenza della mia vecchia vita, solo che non devo andare al mio terribile lavoro.

La situazione del denaro mi dà ancora fastidio, ma l'assegno di Nicholas era valido, così come il secondo, quindi per il momento ho lasciato fuori dalla testa i miei sospetti.

Ho abbastanza di cui preoccuparmi e non posso impantanarmi con tutte le incognite della mia vita.

Man mano che i giorni si trasformano in settimane, sviluppiamo un programma che sembra adatto a tutti.

Nicholas rinuncia alla sua camera d'albergo e si trasferisce temporaneamente con me.

Dico *trasferisce* perché non c'è una data entro la quale prevede di andarsene.

Stava per prendere un'altra suite d'albergo, ma ho insistito che stesse nel mio bilocale con James. Dopo alcuni giorni, l'intera situazione sembra molto simile al college.

James aveva molti giorni di ferie e li sta usando per stare con Sydney mentre cercano di capire cosa faranno della loro relazione.

Le ha chiesto di sposarlo e lei ha detto di sì, ma non l'hanno ancora detto a sua madre.

Non sa nemmeno che Sydney abbia un fidanzato, quindi quando verrà a visitarli, domani, ci saranno molte bombe che le verranno sganciate addosso.

All'inizio, Nicholas e James non erano sicuri di stare con noi nel nostro appartamento, ma sia Sydney che io abbiamo insistito ed è diventato una specie di prolungato pigiama party.

Di solito, ceniamo insieme all'ospedale dove Sydney mi incontra dopo il lavoro e uno dei ragazzi fa il turno di sera per farmi riposare.

È bello avere persone nella mia vita che si prendono cura di me e di ciò che sto vivendo. Sono di supporto e comprensione e sono davvero lì per me.

È qualcosa che non ho mai avuto, crescendo.

Ed è esattamente ciò che mi fa sentire così di merda nel mantenere questo segreto.

Ho detto a Nicholas e in seguito a James quello che mia madre mi ha rivelato riguardo alla mia famiglia. Ho pianto con Nicholas molte notti cercando di capire cosa significhi il tutto, se la donna che penso sia mia madre non lo sia davvero e l'uomo che penso sia mio fratello non lo sia davvero.

Mi sono così abituata a definirmi in opposizione a questa famiglia in cui sono cresciuta (specialmente i miei genitori) che ora mi trovo completamente persa su chi sia veramente.

Se non sono la loro figlia, allora di chi sono figlia?

Quando ne parlo con Nicholas per quello che sembra la milionesima volta, fa emergere un punto interessante.

"Forse questa è la tua occasione per una rivincita," dice. "Hai avuto una famiglia piuttosto schifosa, senza offesa..."

"Nessuna offesa," dico, alzando le mani.

"Beh, forse dovresti provare a scoprire chi è la tua vera famiglia. Forse rimarrai sorpresa."

4

OLIVE

QUANDO VADO AVANTI E INDIETRO...

NICHOLAS HA DATO una bella svolta alla situazione.

Voglio dire, almeno mia madre biologica non ha mai provato a fingere di essere stata presa in ostaggio per farmi pagare i suoi debiti.

Chiunque sarebbe meglio di così, giusto?

E se non lo fosse?

E se fosse cattiva a modo suo?

Mi ha dato in adozione a quella donna, quanto può essere buona?

Nicholas non ha una risposta né un suggerimento, quindi mi avvolge tra le braccia e mi tiene stretta.

Aspetto che dica che mi ama, ma non lo fa.

La rabbia inizia a salire dentro di me, ma la spingo via.

Perché stai diventando così arrabbiata? Mi chiedo. Non è che tu gli stia dicendo quella merda.

È a questo punto che voglio dirgli quello che non ho ancora fatto.

Voglio dirgli la verità su Owen.

C'è un uomo che mi ama in tutti i modi in cui non fai tu, o almeno, non dici di fare.

In particolare, voglio dirgli queste cose dopo aver bevuto qualche drink. Ma mi mordo la lingua.

Non so se sia vero.

Mia madre è una bugiarda patologica.

Non mente per nessun motivo in particolare.

Mente solo per rimescolare le cose e per sentirsi meglio.

Non posso sapere se possa credere a qualcosa che mi abbia detto fino a quando lui non si sveglierà.

E anche se lo fosse... cosa significa?

Lo amo in *quel* modo?

Mi piace in qualche modo romantico?

No. Non è così. Giusto?

Ogni volta che la mia mente inizia a spaziare, mi rivolgo a Sydney e le chiedo quanto ancora debba aspettare. Non ha più informazioni di me e mi dice di fare ciò che già so di dover fare.

"Vai a controllare la posta," dice scrollando le spalle.

"Non posso," dico, scuotendo la testa.

"Lo dici tutti i giorni. Qual è il grosso problema nel controllare la posta?"

"Perché se i risultati non ci saranno, dovrei aspettare almeno un altro giorno. E se lo sono allora... allora dovrei aprire la busta e scoprire la verità."

Sydney ride e alza gli occhi al cielo. "Scommetto che ti sentivi esattamente allo stesso modo quando stavi aspettando le lettere di accettazione da scuola."

"Certo che lo ero," dico, inclinando la testa, seccata. "In quale altro modo posso sentirmi?"

"Potresti accettare la certezza che quello che è successo è già successo," dice. "E aprire la lettera e scoprire i risultati non cambierà le cose in un modo o nell'altro."

Incrocio le braccia e apro la bocca per dire qualcosa di intelligente, ma non viene fuori nulla.

"Sì... sai che ho ragione!"

"Se potessi farlo, sarei molto più illuminata di quanto lo sia in questo momento ed entrambe sappiamo che non accadrà presto," mormoro.

Sydney è l'unica che sa cosa mi ha raccontato mia madre di Owen. È l'unica che sa che potrebbe essere innamorato di me. Non so come sia correlato ai risultati del test del DNA, ma ciò sembra in qualche modo aumentare la posta in gioco.

Scendo le scale, dove la fila di caselle postali è allineata sul muro, vicino alla porta d'ingresso.

La postina è ancora lì.

Volevo aspettare abbastanza a lungo perché lei se ne

andasse, ma per il quarto giorno consecutivo, la colgo a metà del suo lavoro.

"Stai aspettando qualcosa di importante?" Chiede con un sorriso cortese sul viso.

Ha circa cinquant'anni ed è una di quelle donne che portano orgogliosamente i capelli grigi.

Le sue orecchie sono adornate da grossi pendenti e la sua divisa governativa è tesa contro i suoi grandi seni.

"Uhm..." Comincio a dire, chiedendomi se dovrei mentire o meno. "Sì."

Non serve a nulla offuscare la verità quando l'unica ragione per cui la guardo fare il suo lavoro ogni giorno è perché sto chiaramente aspettando qualcosa.

Lei sorride complice.

Trattengo il respiro mentre aspetto che mi chieda di spiegarmi, ma non lo fa.

È una professionista. Il suo compito è quello di consegnare la posta, non di curiosare sul suo contenuto.

Aspetto che spartisca la posta nelle caselle dei miei

vicini, fingendo di essere perfino leggermente interessata al rinfresco che i vicini stanno organizzando o alla riunione mensile dell'assemblea condominiale che si terrà giovedì.

Finalmente, è il mio turno.

Organizza la posta nel suo carrello e poi mi consegna tutta la mia in un unico pacchetto.

"Buona fortuna," dice, girandosi verso la porta.

Aspetto che scompaia prima di sfogliare freneticamente le buste.

Improvvisamente, eccola!

Mi aspettavo un pacco grande, ma la lettera è di dimensioni normali, con quello che sembra essere un foglio di carta.

L'unica ragione per cui so che è loro è che il logo DNAPlus è proprio lì, nell'angolo in alto a sinistra della busta.

Per un secondo, prendo in considerazione l'idea di correre su per le scale e aprirla nella mia stanza, ma so che non appena varcherò la soglia, Sydney vorrà sapere se sia arrivata.

No, è meglio aprirla qui.

Faccio un respiro profondo.

Andrà tutto bene, mi dico. Ad ogni modo, andrà bene.

O è mia madre o non lo è.

O è mio fratello o non lo è.

Non cambierà nulla.

Apro la busta febbrilmente, quasi strappando il tutto a metà.

Quando apro la lettera, le mie mani tremano.

Salto le cazzate all'inizio e cerco i risultati. Sono in fondo.

Leggo i risultati più volte per assicurarmi di non aver commesso un errore. Poi leggo la stampa fine.

Mia madre non mentiva.

Non è la mia madre biologica e Owen non è il mio fratello biologico. È sicuro al 100%.

Quando la testa smette di ronzare, mi siedo sui gradini e rileggo la lettera.

Ancora.

E ancora.

Una parte di me spera che i risultati siano diversi.

Un'altra parte è eccitata dalla prospettiva di trovare un'altra famiglia.

Una parte di me è terrorizzata da ciò che potrei trovare.

"È lei?" Sydney mi si avvicina da dietro.

Immagino di essermene andata da un po' troppo a lungo e lei se n'è accorta.

Le passo la lettera senza dire una parola.

"Come ti senti al riguardo?"

"Non ne ho idea."

"Che cosa hai intenzione di fare?"

Alzo le spalle.

"Cercherai la tua vera mamma?"

"Sì." Annuisco.

Non so cosa provi per Owen.

Non so cosa provi per la madre che non è la mia mamma biologica, ma l'unica cosa che so per certo è che la cercherò, ora.

"Chi pensi che potrebbe essere?" Chiede Sydney.

Voglio che sia una persona gentile, favolosa ed effervescente, qualcuno che sia completamente l'opposto di mia madre.

Ma sono anche realista.

Le persone non rinunciano ai propri figli senza motivo.

Forse era, o è una tossicodipendente.

Forse era un'adolescente che non poteva prendersi cura di un bambino.

Forse è stata maltrattata o addirittura violentata.

O forse non mi voleva.

"E Owen?" Chiede Sydney. "Immagino che lo sapesse da sempre."

"È mio fratello, qualunque cosa dica questo pezzo di

carta. Lo amo come un fratello e lo farò sempre. E sono anche incazzata, con lui. Sono arrabbiata da morire. Non avrebbe dovuto nascondermelo. *Non* avrebbe dovuto mantenere il *suo* segreto."

5

OLIVE

Non ho mai visto Sydney andare fuori di testa così, prima.

Non vede sua madre da quasi sei mesi. Ha sempre perso un po' la testa ogni volta che è venuta in città, ma questa volta è ad un livello completamente nuovo.

La cosa principale che è cambiata è stata l'energia frenetica che ha improvvisamente consumato l'intero posto.

Sydney è di solito calma e raccolta e piuttosto accomodante ma ogni volta che sua madre è solo nelle vicinanze in questo continente, inizia a pulire e mettere a posto e in genere ronza in giro come un'ape.

Questa volta, tuttavia, con James qui, Sydney non sta solo pulendo la sua stanza, il soggiorno e la cucina, ma anche dietro la stufa e in fondo agli armadi.

"Guarderà davvero fino a lì?" Chiedo.

"Se non trova nulla qui, sì, lo farà," dice Sydney, annuendo.

Quando spolvera ogni centimetro del salotto, e con questo intendo ogni centimetro, compreso l'interno dei paralumi e la modanatura della corona, Sydney pulisce e fa risplendere i pavimenti fino a quando ci si potrebbe mangiarci sopra.

"Non credo che dovremmo camminarci sopra fino a quando non si presenta," dico scherzando.

"Mi hai letto nella mente," concorda, completamente seria.

Sospiro ad alta voce per il fastidio, ma non dico un'altra parola.

So che lo sta facendo solo per sentirsi meglio. Le dà un senso di controllo in un mondo in cui non ne ha.

Non sa come reagirà sua madre a James e sa che ogni sua parte verrà attentamente ispezionata e scrutata.

Sydney lavora duramente per due giorni interi e trascorre le ultime ore prima dell'arrivo di sua madre ossessionata da quali abiti dovrebbe indossare.

James è molto meno preoccupato per l'incontro e questo sembra stressare Sydney ancora di più.

Li sento discutere attraverso la porta chiusa.

Quando escono, James indossa ancora la stessa cosa che indossava prima, una camicia elegante con jeans e un blazer.

Ha mantenuto la sua posizione, ma la sua sicurezza ha accusato un duro colpo.

"Sei sicura di non volere che me ne vada?" Chiedo di nuovo.

Non voglio davvero stare qui, ma rimarrò se lei ha bisogno di me. Nel modo in cui mi guarda con quegli occhi grandi e ampi, so di non avere altra scelta.

Devo restare.

La madre di Sydney arriva subito dopo le sette.

Vestita con un elegante abito nero e tacchi a spillo altissimi, non assomiglia nemmeno un po' a una donna che ha appena trascorso più di venti ore su un volo internazionale.

I suoi capelli sono raccolti in una crocchia e le sue mani sono piccole, ma forti.

Dopo aver frequentato le migliori scuole, insieme all'Università di Cambridge, parla un inglese impeccabile con un accento britannico elegante e insiste sul fatto che James la chiami con il suo nome di battesimo, Hilary.

Ho incontrato Hilary alcune volte, prima, e lei mi saluta con un caldo abbraccio, come fossi una vecchia amica.

Le sue maniere sono impeccabili, ma c'è una certa distanza tra noi.

Quando l'ho incontrata per la prima volta, ho pensato scioccamente che forse avrebbe pensato a me più che semplicemente come l'amica e compagna di stanza di sua figlia.

E' stata gentile e cordiale e ho scambiato la cosa con

il pensiero che volesse essere mia amica, o anche una figura materna.

Ma dopo qualche altra visita, mi sono resa conto che le sue maniere sono ingannevoli. Fa sentire tutti come se fossero amici intimi, ma ciò non significa che sia vero.

Per qualche ragione, mi aspetto che sia fredda e dura con James, ma è, ancora una volta, molto gentile e simpatica.

Non la conosco abbastanza bene da leggere nella sua testa ma quando aiuto Sydney con il vino, ho la sensazione che non vada bene come pensavo.

"Sembra che le piaccia davvero," dice James, gettando un braccio attorno alla spalla di Sydney quando Hilary si scusa e usa il bagno.

Sydney lo fissa con la bocca aperta.

"Che cosa? Le piaccio, vero?" Ci guarda innocentemente.

Non posso fare a meno di ridere.

"Non è così?" Chiede, le sopracciglia che si alzano al

centro della fronte. "Aspetta, cosa? No, lo fa. Si sta comportando in modo così... carino."

"Questo è quello che fa," afferma Sydney.

"No, non è falsa, è davvero... gentile," insiste James.

Ma Sydney scuote la testa.

Appoggiandosi con la testa sulla sua spalla e guardando il suo bel viso abbronzato, sussurra qualcosa di confortante nel suo orecchio.

Hilary non rimane a lungo.

Dice che è stanca e ha bisogno di riposo, il che è ovviamente comprensibile.

Ma si aspetta di vedere Sydney per il brunch domani al Ritz. Sydney raddrizza la schiena e forza un sorriso. Dopo alcuni abbracci e auguri, chiama un taxi e se ne va.

Non appena la porta si chiude, Sydney emette un grande sospiro di sollievo. James le strofina le spalle mentre lei si inginocchia e si toglie i tacchi.

"Vedi, è andato tutto bene," insiste James. "Le piaccio. Come potrebbe non farlo?"

Sydney lo guarda.

"Syd, sono un dottore. Ho un master. Lavoro con bambini malati. Sono abbastanza bello agli occhi. E ti amo. Che tipo di madre non mi vorrebbe come genero?"

"Ha un punto a favore," sono d'accordo.

"Voi due non avete idea di cosa stiate parlando," dice, scuotendo la testa mentre lascia cadere i capelli sciolti dalla sua treccia stretta. "Domani è quando potrò sentire tutta la verità su ciò che mia madre pensa davvero di te. Domani è quando mi dirà davvero tutto."

Si slaccia il reggiseno da dietro e lo tira fuori dalla maglia, emettendo un sospiro di sollievo non appena il suo seno è libero.

Desidero fare la stessa cosa, ma con James qui decido di no.

Guardando fuori dal finestrino, vedo Hilary salire sull'auto che ha chiamato.

Questo è il mio segnale.

Vado nella mia stanza e mi cambio nel più comodo

completo, pantaloni da jogging e una maglietta ampia insieme a una felpa con cappuccio. Mi assicuro di togliermi il reggiseno e allacciare la felpa in modo che non sia ovvio che non ne indossi uno.

"Va bene, andrò ad alleviare il lavoro di Nicholas in ospedale," dico.

6

OLIVE

QUANDO LO INCONTRO...

Aspetto che lui dica *ti amo* per primo.

Dovrei essere in grado di dirlo per prima. Dovrei essere più forte di così, ma per qualche ragione non ci riesco.

Tempi come questi dovrebbero riunire le persone.

Dovrebbero costringerle a concentrarsi su ciò che è veramente giusto.

Non è così? Non è quello che tutti i programmi televisivi e libri ci insegnano sulla vita?

Ogni volta che succede qualcosa di significativo, qualcosa di grande come quello che è successo a Owen, è allora che tutto diventa più chiaro.

È quando le persone si rendono conto che quei sentimenti che hanno provato per qualcuno, in realtà significano qualcosa.

È quando le persone decidono di trasferirsi insieme.

È quando le persone decidono di fidanzarsi.

Forse anche sposarsi.

Non sto dicendo che è quello che voglio da Nicholas.

Non sto sicuramente aspettando una proposta di matrimonio.

Ma stando seduta di fronte a lui su questa scomoda sedia nella sala d'attesa e guardandolo mettersi un'altra patatina in bocca, improvvisamente mi rendo conto di aspettarmi qualcosa.

È stato qui a sostenermi, facendo i turni a guardia di Owen, eppure mi sento bloccata in un limbo.

La nostra relazione, se posso persino chiamarla così, è completamente indefinita.

Non so dove mi trovi e non so cosa stiamo facendo.

Cos'è esattamente tutto questo?

Non è stato tanto tempo fa quando era solo uno

sconosciuto misterioso che mi ha fatto un'offerta
incredibile per cui ero abbastanza pazza da accettare
e rinunciare al mio lavoro.

E adesso?

Non sono più solo la sua dipendente.

Siamo più di questo.

Abbiamo questa chimica esplosiva e l'impossibile
necessità di stare insieme fisicamente, ma... è
abbastanza?

È così?

So che non lo *è*, per me.

Voglio di più.

Sento che anche lui vuole di più. Perché
altrimenti avrebbe trascorso le sue giornate qui
con me?

La gente è lì fuori che lo cerca ed è probabilmente
meglio per lui non essere più a Boston, eppure
eccolo qui.

Sta al mio fianco.

Questo significa qualcosa. No, significa tutto.

Eppure, ci sono ancora domande persistenti che hanno bisogno di risposte.

"Allora... ci sono nuovi lavori all'orizzonte?" Chiedo, girando il mio anello attorno all'indice.

"No, non proprio," dice, bevendo un sorso di caffè.

"È perché non ci sono lavori o perché mi stai dando una pausa?" Premo.

"Non ci sono lavori," dice in modo serio.

È perché io pensi di sentirmi dire la verità, ma non sembra che *sia* la verità.

Quando lo spingo di più, mantiene la sua posizione.

Non stiamo andando da nessuna parte. Non so nemmeno perché l'abbia sollevato, perché non è proprio nulla di cui sono particolarmente interessata a discutere.

Quello che voglio davvero sapere è dove siamo come coppia.

Cosa stiamo facendo?

Voglio definire chi siamo.

Voglio sapere se sono la sua ragazza e se lui sia il mio ragazzo.

Abbiamo parlato di essere esclusivi ma al momento non sembra abbastanza.

Voglio che mi dica che è innamorato di me.

Vorrei poter solo aprire la bocca e dirglielo.

Ma quando lo faccio, non è affatto quello che viene fuori.

"Hai soldi?" Chiedo.

La franchezza della domanda ci sorprende entrambi.

Mi dà uno sguardo lungo e attento. I suoi occhi si restringono e si allargano prima di distogliere lo sguardo e portare la sua tazza alle labbra.

"Di cosa stai parlando?" Chiede, borbottando mentre fa un sorso.

Faccio un respiro profondo.

"È l'unica ragione per cui sei con me?" Chiede dopo una lunga pausa.

"No, certo che no," dico un po' troppo in fretta.

Quando mi costringo a guardarlo, so subito che non l'ho convinto.

"In un certo senso, lo sembra."

"No, per niente." Metto la mano sulla sua.

Perché ne stiamo parlando?

Perché l'ho detto?

Le parole mi sono solo sfuggite e ora sono bloccata a fare un'altra conversazione che non vorrei proprio avere.

Quando lo guardo e mi perdo nei granelli d'oro nei suoi occhi, aspetto che mi dica che mi ama.

È stupido e irrazionale, ma aspetto ancora.

"Olive, che sta succedendo?" Dice Nicholas, allontanandomi la mano.

Appoggia la tazza sul tavolo e aspetta.

Insisto sul fatto che nulla stia succedendo più e più volte, ma non cambia nulla.

Non riduce ulteriormente questo cuneo che ho creato tra di noi.

"Voglio solo che tu sappia che va bene se... non è così," dico finalmente.

Non è vero.

Niente di tutto ciò andrebbe bene, eppure le mie labbra sembrano avere una propria mente.

Ho lasciato il mio lavoro.

Ho colto l'occasione per iniziare un'altra vita anche se è stato un errore, come tutti gli altri errori che ho commesso.

Quando ha pagato i miei debiti, mi sono sentita in debito con lui.

E i soldi hanno reso molto più facile prendere decisioni sbagliate.

Ma non esistono soldi facili.

Tutto viene fornito con un certo bagaglio e conseguenze.

Quante volte devo imparare questa lezione?

La conversazione si sposta su Sydney e poi su James e poi su sua madre.

Dico a Nicholas quanto James fosse certo che sua

madre lo avrebbe adorato e quanto Sydney fosse certa che non lo avrebbe fatto.

Mi schiero dalla parte di Sydney, ma Nicholas si schiera dalla parte di James, dicendo che non ci sono molte madri che non sarebbero impressionate da lui come potenziale genero.

Il flusso e riflusso della conversazione sono simili a una marea. Va e viene a intervalli regolari e poi ci sono quelle misteriose correnti che arrivano da qualche parte in profondità e ti sorprendono completamente.

"Per favore, non mentirmi, Nicholas," dico piano. "Posso accettare qualsiasi cosa, tranne quello."

Lo guardo dritto e gli chiedo di nuovo se mi stia dicendo la verità. Fa una pausa per un momento e promette che lo sta facendo.

7

NICHOLAS

QUANDO LE BUGIE SI ACCUMULANO...

STO MENTENDO.

Olive mi ha dato così tante occasioni. C'erano così tante occasioni per dirle la verità, eppure non riesco a convincermi a dirlo.

La verità a volte è la cosa più semplice da dire al mondo.

E altre volte è come ammettere la sconfitta e seppellirti sotto le macerie che sono la tua vita.

Le bugie hanno il vizio di accumularsi l'una sopra l'altra.

Dici una bugia per coprirne un'altra e poi un'altra e poi un'altra.

Lo so.

Tutti sopra i dieci anni lo sanno, eppure lo facciamo ancora tutti.

Perché?

Al momento, è troppo difficile dire la verità.

Voglio credere che le stia mentendo per proteggerla. Voglio credere che ci sia un bene più grande in tutto questo.

Ma la verità è che sono troppo codardo per dirlo. Quel tipo di colpo che il mio ego non riesce a sopportare.

Non so cosa stia facendo.

Tutta questa storia è nata come un modo per proteggerla.

Ho fatto una promessa alla mia sorellina morta e volevo che fosse l'unica promessa che avrei mantenuto nella mia vita.

Ma poi le cose si sono complicate.

Il denaro è stato un'esagerazione.

Ciò che avevo, ciò che era mio, era tutto per lo spettacolo.

Beh, no, non è del tutto vero. C'è stato un tempo in cui avevo tutto. E poi ho perso tutto.

Questo genere di cose accade quando il denaro non ti appartiene davvero.

Entra nella tua vita come una valanga.

È tutto in una volta e ti travolge di possibilità.

Ma poi tende ad andarsene altrettanto velocemente.

Fai piani, cerchi di risparmiare, cerchi di iniziare una nuova vita, ma non puoi.

L'ho visto accadere alla gente per strada e ora è successo a me.

Dopo che se n'è andato, l'unica cosa che lascia è una scia di *e se*.

Non so come reagirebbe Olive se dovessi uscire allo scoperto e dirle tutto questo.

Forse mi odierebbe o mi abbandonerebbe, o forse penserebbe che sia la cosa migliore che potesse accadere perché la toglierebbe dal giro per il resto dell'anno.

Lei non lo sa, ma vedo il modo in cui mi guarda. La vedo dubitare di me. Vedo il rimpianto nei suoi occhi.

Prima che Owen si facesse male, pensavo che forse ci fosse la possibilità di iniziare una vita da qualche parte.

Una vita vera.

Eravamo così vicini ad averla. Il lavoro era stato fatto. Avevo dei soldi. Potevo dirle la verità su... tutto.

Si sarebbe arrabbiata, ma forse avrebbe potuto trovare nel suo cuore qualcosa per perdonarmi.

Ma ora? Ora, all'improvviso, tutto è diverso. Le persone che hanno sparato a Owen non hanno finito il lavoro e probabilmente stanno solo aspettando la possibilità di completarlo.

Sa che Owen non è il suo vero fratello e che ha una madre biologica da qualche parte là fuori. E questo è il tipo di cose che tendono a lacerare piani indefiniti.

Anche se non ha detto niente ad alta voce, so che

l'unica cosa a cui probabilmente sta pensando ora è quest'altra famiglia.

Chi sono? Perché la sua vera madre l'ha abbandonata? Dove vive? E quanto tempo ci vorrebbe per raggiungerla?

"Allora, cosa ne pensi di Owen?" Le chiedo finalmente.

Questa domanda è stata sulla punta della lingua da quando è venuta in ospedale, ieri sera. "Cosa ne pensi del fatto che non sia il tuo vero fratello?"

"Non so cosa pensare," dice, fissando il vuoto.

Provo a immaginare come mi sentirei se Ashley non fosse la mia vera sorella.

Ma non mi sento diversamente. La biologia non sembra importare. È mia sorella perché l'ho sempre creduta tale.

Eppure, quando guardo Olive, mi rendo conto che non è esattamente come si sente lei.

"Sarà ancora mio fratello," dice definitivamente, con un cenno severo.

È come se stesse cercando di convincersi di qualcosa, qualcosa a cui non vuole credere.

"Sì, lo sarà," mento.

Un'altra bugia per nascondere ciò che penso davvero. E che cos'è esattamente? Mi chiedo. Qual è questa esitazione nel suo comportamento?

"Apparentemente, Owen sapeva di non essere il mio vero fratello," dice Olive a bassa voce.

La fisso mentre i pezzi del puzzle iniziano a sistemarsi.

Ovviamente. Ecco perché si è comportato in questo modo.

Pensavo fosse solo un fratello preoccupato.

Ho pensato che fosse solo qualcuno che era un po' troppo coinvolto nella sua vita, ma poi è stato rilasciato a casa sua e lei era la sua unica amica nel mondo esterno.

Ho cercato di farmi credere che questa fosse la fine della storia. Ma ora ha tutto un senso.

"È innamorato di te," dico sottovoce, realizzandolo solo quando le parole mi sfuggono dalle labbra.

"No... aspetta, cosa?" Chiede, sedendosi sulla sedia e guardandomi sorpresa.

"Ecco perché si è comportato in modo così... possessivo. Non era solo amore fraterno. Ti ama in un modo diverso, Olive."

"No, dai, è... schifoso," dice.

Le sue parole sono caute.

È come se non le stessi dicendo qualcosa che non sa già.

Guardandola, mi rendo conto che questa non è una novità per lei. Cerca goffamente di coprire la cosa con una scossa della testa e un'espressione di shock sul suo viso, ma riesco a sentire nelle budella che ho ragione.

Non mi ero reso conto di quanto avessi ragione, fino a questo momento.

8

NICHOLAS

QUANDO CERCO LA VERITÀ...

So che lei sta mentendo su Owen e so che io sto mentendo sul mio conto bancario. Tuttavia, entrambe le menzogne sembrano in qualche modo inevitabili.

È quello che stiamo diventando ora?

Due persone che si mentono l'un l'altra su chi sono veramente?

Se è così, allora perché preoccuparsi di continuare?

Perché preoccuparsi di proseguire ancora?

Non è stata la prima volta che questo pensiero mi è passato per la testa.

Le cose sarebbero sicuramente molto più facili se Olive non fosse nella mia vita.

Sarei io, responsabile di nessuno.

Potrei lavorare per Hawk e tenere a bada l'FBI.

Non avrei nessuno di cui preoccuparmi. Non avrei un obbligo.

Ma so che posso portarmi *lì*. Olive non è una complicazione. Posso costringermi a tagliarla fuori, ma cosa otterrei? Stare con lei mi fa sentire vivo e non lo sentivo da molto tempo.

Il vento si alza e mi alzo il bavero per tenerlo a bada.

Perché non possiamo avere questo incontro in un bar o in un ristorante, non ne ho idea. Ma è il suo turno.

Si presenta dieci minuti dopo, con mezz'ora di ritardo. Aspetto che si scusi, ma non mi offre nemmeno un breve *scusa*.

Non ne faccio un peso perché voglio sapere cosa ha trovato.

"Non ami questo tempo?" dice Kip Flunderson, l'investigatore, con un sorriso smagliante sul viso.

Ha sessant'anni, con spalle larghe e un atteggiamento disinvolto.

Un po' troppo casual, ad essere sincero.

"Non sono un fan del freddo," dico con un'alzata di spalle.

Ride e gesticola come se fossi una mosca da scacciare.

Incrocio le braccia sul petto e sposto il peso sul piede posteriore. Mi prendo a calci per non essermi fermato per una tazza di caffè, prima di venire qui.

Ho avuto un sacco di tempo, visto che era in ritardo di mezz'ora e non si è preoccupato di lasciarmi un messaggio.

"Stai bene?" Chiede Kip.

"Sì," mento. "No."

"Che c'è?"

"Vorrei che mi avessi detto che saresti arrivato in ritardo," dico, seccato.

"Non scrivo messaggi, ragazzo," dice Kip con lo stesso fastidioso sorriso.

"Avresti potuto chiamare," sottolineo. "Qualsiasi cosa sarebbe andata bene."

Kip apre la giacca ed estrae una cartella. "Che ne dici di questa?" Chiede, tendendomela.

"Cos'è?" Chiedo, prendendola.

"E' tutto sulla madre di Olive Kernes. Il suo nome. Dove vive. Chi è. Chi è la sua famiglia."

Apro il file e inizio a esaminare i documenti. La loro incredibile quantità mi sorprende.

"Wow," dico infine, un po' senza fiato.

"Come hai trovato tutto questo?"

"Questo lo so io, tu devi solo pagare," dice Kip con gli occhi che brillano sotto i lampioni.

All'improvviso, aspettare tutto questo tempo sulla panchina con vista sul laghetto suona come un piccolo prezzo da pagare, insieme al prezzo effettivo di diecimila dollari.

"Sai, non pensavo che ci sarebbero state così tante informazioni su quell'adozione," dico.

"Okay, adesso, Nicholas, dì la verità," dice Kip. "Non pensavi che un vecchio come me, che rifiuta di comunicare tramite messaggi, fosse in grado di trovare nulla."

"Sì." Gli faccio un cenno, ammettendo la sconfitta. "Hai ragione."

Gli passo la busta con i diecimila dollari in banconote da cento dollari.

La guarda, sfoglia le centinaia ma non li conta. Invece, guarda le dimensioni della pila e poi se lo mette in tasca.

"Allora, sei sicuro che sia lei?" Chiedo, annuendo alla cartella nella mia mano.

"Assolutamente."

"Ma... come puoi esserne così sicuro?"

"Prendilo con te. Leggilo. Se non sei soddisfatto, contattami e parleremo. Ti darò un rimborso completo in caso di discrepanze nel file."

"Davvero?" Sono un po' sorpreso. "Wow."

"Sono onesto al 100% nel mio lavoro."

"Sì, immagino di sì," dico, tendendogli la mano.

La sua presa è forte e stretta, ma non come se stesse cercando di impressionarmi.

Aspetto che scompaia per strada prima di sedermi sulla panchina e aprire la cartella.

Sento a malapena le mie mani quando arrivo all'ultima pagina della cartella, ma so per certo una cosa. Questa è sua madre e tutto in questi documenti deve essere vero.

Non sono organizzati molto bene o nemmeno in modo logico, ma da qualche parte nel mezzo della pila ci sono i risultati del test del DNA.

Apparentemente, durante queste ultime settimane, Kip ha avuto il tempo di inseguire sia Olive che sua madre e ottenere campioni del loro DNA.

Non so esattamente come l'abbia fatto, ma immagino che tazze di caffè fossero coinvolte, in qualche modo.

In ogni caso, corrispondono.

C'è una certezza del 99,999% che questa sia sua madre.

C'è solo una cosa da fare, ora; dirlo a Olive.

Metto i documenti al sicuro nella mia giacca e la chiudo con la cerniera.

Emette un suono increspato mentre cammino, ma riesco a malapena a sentirlo sopra al battito del mio cuore che pulsa nella mia testa.

Questa cartella sembra poter risolvere tutto. Farà scomparire ogni stranezza tra noi e la farà di nuovo mia.

Sarà proprio come all'inizio.

Accenderà quella scintilla che ci ha avvicinati e reso impossibile per noi stare lontani l'uno dall'altra.

Quando arrivo in ospedale, la cerco nella sala d'aspetto, ma non la trovo da nessuna parte.

Probabilmente è in bagno, mi dico, e mi siedo.

L'ospedale è caldo e accogliente e non slaccio la giacca per godermi un po' quella sensazione.

"Oh, ehi, Marlene!" Grido a una delle infermiere che mi passa vivacemente accanto. "Hai visto Olive di recente?"

"Non hai sentito?" Chiede lei con un enorme sorriso a trentadue denti. "È sveglio."

9

NICHOLAS

QUANDO SI SVEGLIA...

Sento l'esitazione nel mio bussare quando le mie nocche si scontrano con il legno.

Un'eternità passa prima che qualcuno risponda.

Busso di nuovo.

Questa volta più forte.

Ancora una volta, nessuno risponde.

Quando nessuno risponde, giro la maniglia.

Sento la sua voce dentro la stanza.

Quando apro la porta, l'entusiasmo e l'esuberanza di Olive si riversano nel corridoio.

"Ehi... Owen... sei sveglio," dico, entrando.

È pallido e le sue labbra sono screpolate, ma c'è un vago sorriso sul suo viso.

Olive mi fa cenno di andare al letto.

Parla ininterrottamente e né Owen né io proviamo a dire una parola a margine.

Le sue dita si intrecciano alle sue e ci sono lacrime asciutte sulle guance.

"Come stai?" Chiedo quando si ferma per prendere un po' d'aria.

Mi aspetto quasi che si arrabbi con me, ma invece annuisce e sussurra: "Sto bene."

La sua voce è roca, appena udibile, ma ho la sensazione che sia felice di vedermi.

O perlomeno, non arrabbiato che io sia qui.

Olive gli dice come abbiamo aspettato tutto il giorno che si svegliasse, fuori, e quanto siamo felici che sia finalmente tornato.

"Entrambi, e mamma?" Chiede Owen lentamente, schiarendosi la gola nel mezzo.

La sua domanda è come un pugno allo stomaco per Olive.

Indietreggia un po', ma si raccoglie rapidamente e mente.

"Sì, noi e la mamma," mente, stringendogli la mano.

Quando i nostri occhi si incontrano, i suoi guizzano via.

Sappiamo entrambi che la loro madre non è stata molto qui intorno.

Se fosse venuta qui tre volte, nell'ultimo mese, e fosse rimasta per più di due ore, ciò avrebbe allungato la verità.

Ma Owen non ha bisogno di saperlo.

Nessuno vuole sentirlo, riguardo a qualcuno che dovrebbe amarli incondizionatamente.

"In realtà, non solo noi," aggiunge Olive. "Anche Sydney e James."

"La tua coinquilina?" Chiede Owen.

Olive annuisce, sfregandogli la mano con la sua.

"Sì, la mia coinquilina e il suo ragazzo, James. In

realtà è un ragazzo davvero fantastico. Un amico di Nicholas alle Hawaii. Non è vero?"

Owen mi fa un cenno del capo.

"Sì, è fantastico," sono d'accordo.

"Perché... sono... qui?"

"Per aspettarti, sciocco," dice Olive. "Per aiutarmi ad aspettare che ti svegliassi."

Owen guarda il soffitto.

Lo guardo esaminare ogni singola piastrella prima di passare alla successiva c poi dirigersi verso la finestra.

"Tu... hai pensato che... qualcuno sarebbe venuto qui e... mi avrebbe ucciso, eh?" Dice Owen dopo una lunga pausa.

"No, certo che no," dice Olive.

Lei gli stringe la mano e lo costringe a guardarla.

"Volevo solo che qualcuno fosse qui nel momento in cui ti saresti svegliato," dice. Sappiamo tutti che non è vero.

Quando apre la bocca per dire qualcos'altro, lei lo ferma.

"Non parliamone adesso. Possiamo arrivare a tutto questo più tardi."

È difficile spiegare come sia essere in questa stanza con Olive e Owen.

Sono felice che stia meglio.

Sono contento che il dottore abbia detto che avrà un completo recupero, ma qualcosa non va.

Improvvisamente, sono un estraneo.

Il legame che hanno Olive e Owen è difficile da descrivere.

Da un lato, sono vicini come un fratello e una sorella ma, dall'altro, c'è anche più profondità, in particolare da parte di lui.

Quando hanno iniziato a scriversi quelle lettere, Owen sapeva la verità sulla loro parentela. Ora, i pezzi stanno iniziando a sistemarsi.

Il fatto che non siano imparentati tra loro spiega così tanto sul come si stesse comportando prima del coma. Non era solo il fratello maggiore che si prendeva cura della sua sorellina.

Nutriva certi sentimenti per lei e ora che tutto è scoperto, il loro legame sembra impossibile da penetrare.

Odio quando mi lascio andare in questi luoghi bui.

Cerco di comportarmi come un ottimista per la maggior parte del tempo, ma se dicessi la verità, non lo sono.

Cerco di mettere su un bello spettacolo, ma è difficile.

Ho passato così tanto tempo e ho sperimentato così tanta oscurità che mi ritrovo a trattenere il respiro perché accada la prossima cosa brutta.

Certo, solo perché Owen prova quello che prova per Olive, ciò non significa che lei provi la stessa cosa per lui.

Lo ha sempre amato come un fratello e solo perché ha scoperto che non sono legati biologicamente, ciò non significa che si innamorerà magicamente di lui.

Ciò non significa che i suoi sentimenti diventeranno improvvisamente sessuali.

Non significa che abbia qualcosa di cui preoccuparmi. Giusto?

10

NICHOLAS

QUANDO RIALLACCIAMO I RAPPORTI...

Sono passati due giorni da quando Owen si è svegliato. Sono passati due giorni da quando ho visto Olive.

Da allora, non sono più tornato in ospedale e Olive non ha lasciato il suo fianco.

Stasera, finalmente tornerà.

Sto preparando la cena. Sydney e James alloggeranno in un hotel per la notte.

Abbiamo l'appartamento tutto per noi.

Stasera sarà la notte in cui la nostra relazione premerà il pulsante di reset.

Sento la sua chiave sulla porta alle sette, proprio mentre metto il salmone e gli asparagi sul fornello.

"Wow, ha un profumo delizioso," dice, dandomi un bacio. "Ti dispiace se salto nella doccia? Indosso questi vestiti da giorni."

"Nessun problema," dico. "Non sarà pronto per un po'. Vuoi che mi unisca a te?"

Ride, gettando indietro i capelli. "No, sto bene. Inoltre, probabilmente la nostra cena brucerebbe."

Faccio un respiro profondo e lo faccio uscire lentamente. Non voleva essere un insulto, quindi perché lo sembrava così tanto?

No, rilassati. Non leggere dietro le righe a tutto.

Sta attraversando molto, devi darle un po' di spazio, mi dico. Le serve solo un po' di tempo.

Il cibo è quasi pronto quando esce dalla sua stanza e si siede al tavolo.

Vestita con una maglietta pulita e ampia e pantaloni da yoga, si versa un bicchiere di vino.

I suoi capelli sono bagnati, gocciolano sulla sua maglia, e il suo viso è pulito, senza un filo di trucco.

Perdo la capacità di parlare per un momento mentre fisso la donna più bella del mondo.

Olive spezza un pezzo di pane a fette che ho messo sul tavolo, mandandolo giù con due grandi sorsi di vino.

"Oh mio Dio, ha un sapore così buono," dice, togliendosi i capelli dal viso. "È così bello essere a casa."

"È bello averti qui," dico.

Ci sono così tante cose di cui parlare: il documento che ho ottenuto sulla sua vera madre, il fatto che non voglio continuare a stare in questo piccolo appartamento con altri due coinquilini, la possibilità che suo fratello possa essere innamorato di lei.

Eppure, non oso sollevare nessuno di questi problemi.

Questo momento è solo per noi.

Dobbiamo riconnetterci.

Dobbiamo stare di nuovo insieme.

Questa è l'unica cosa che impedirà a questo cuneo

che si è formato tra noi di crescere sempre più in profondità.

"Aspetta," dice, allontanando il bicchiere dalle sue labbra. "Prima di immergerci in questa meravigliosa cena che hai preparato, voglio fare un brindisi."

"Okay." Metto giù la forchetta.

"Voglio ringraziarti per essere il ragazzo più meraviglioso di sempre," dice, alzando il braccio più in alto. "Non so davvero cosa avrei fatto senza di te. Sei stato con lui in ospedale per farmi riposare un po', tutte quelle notti, quei giorni e quelle ore."

"Non è stato niente," interrompo, anche se significa molto che lei ne sia così grata.

"No, non era niente. Non sei il più grande fan di Owen, ma l'hai fatto per me e voglio che tu sappia che lo apprezzo. Davvero."

"Beh... grazie," dico. "Sono stato felice di farlo."

Mi guarda negli occhi e io guardo nei suoi.

Ci perdiamo per molto tempo.

All'inizio, mi sento a mio agio, ma poi, in qualche

modo, le cose cambiano. Capisco che sta aspettando qualcosa.

Sta aspettando che io dica "Ti amo".

Apro le labbra e mi schiarisco la gola.

Le parole sono sulla punta della mia lingua. È così semplice.

La gente lo dice in continuazione.

Eppure... per qualche motivo, non ci riesco.

Quel che è peggio è che la sensazione mi travolge.

So di amarla e non ci sarà mai nessuno a cui terrò di più.

Eppure, non posso convincermi a dire quelle due semplici parole.

Di cosa ho paura? Non mi faranno del male. Semmai, mi libereranno.

"Io..."

La vedo trattenere il respiro.

Sta aspettando che lo dica. Due semplici parole.

Finisci la frase.

Puoi farcela, mi dico.

"Sì?" Chiede Olive speranzosa.

"Volevo solo dire... vuoi più pepe?"

La delusione che le inonda il viso è difficile da descrivere, ma mi fa male al cuore.

Tutto il mio corpo rabbrividisce.

Ma il momento passa.

Se non ho potuto dirlo prima, ora l'affermazione diventa impossibile.

Per il resto della cena parliamo di qualsiasi cosa. Olive mi racconta di come sta andando Owen con il suo recupero e di quanto sia entusiasta di vederlo diventare più forte ogni giorno.

Sorrido e mi comporto in modo eccitato tutto il tempo, sperando che non veda la mia delusione.

Non sono deluso da Owen. Sono felice per lui e sono contento che Olive non sia più preoccupata per lui.

Ciò da cui sono deluso è me stesso. Anche se stiamo avendo questa bella cena e tutto è piacevole, sembra esserci comunque un fiume che scorre veloce tra di noi.

Ci sono tutte queste cose non dette.

Tutte queste cose di cui non abbiamo parlato.

E più non parliamo delle cose reali, più grande diventa il fiume.

Quando Olive mi aiuta a sparecchiare il tavolo, mi chino e la bacio. All'inizio è sorpresa e si allontana, ma solo brevemente.

Le mie dita scorrono lungo il suo corpo mentre lei affonda le sue mani tra i miei capelli. Spingendola contro il muro, mi premo contro di lei.

Le nostre bocche si incontrano e le nostre lingue si intrecciano.

Non ci preoccupiamo di toglierci la maggior parte dei nostri vestiti.

I nostri movimenti sono frettolosi e fuori controllo.

Dobbiamo stare insieme il più rapidamente possibile. A differenza di prima, quando ci siamo presi il nostro tempo e ci siamo dati un ritmo, questa volta non succede.

Le sue gambe si aprono per me mentre preme il viso verso il muro e alza il sedere.

Lo sostengo solo per un secondo prima di scivolare dentro.

I suoi gemiti diventano i miei gemiti.

Ci muoviamo all'unisono, cavalcando la stessa onda.

La sento avvicinarsi e cerco di durare un po' di più.

Quando urla il mio nome, finalmente mi lascio andare.

11

OLIVE

QUANDO TORNA A CASA...

Non so cosa ci sia di diverso tra me e Nicholas ma qualcosa è molto... disomogeneo.

Mi importa di lui. Un sacco.

Lo amo, persino, ma da quando Owen si è svegliato, tutto sembra forzato.

No, a dire la verità, le cose sono andate male da quando Owen era in ospedale.

È quasi come se ci fosse una sorta di disconnessione tra di noi.

Ho pensato che forse stanotte sarebbe finalmente andata via. Mi ha preparato questa cena meravigliosa.

Ero così felice di essere a casa e tutto ciò che volevo fare era festeggiare.

Abbiamo avuto questo momento in cui ho pensato che Nicholas mi avrebbe preso tra le sue braccia e alla fine mi avrebbe detto che si è innamorato di me.

Ciò non avrebbe fatto sembrare le cose così giù.

Ma invece, ha... lasciato perdere.

Forse avrei dovuto dirlo per prima.

Forse non avrei dovuto essere una tale imbranata. Ma mi sono spaventata.

E se non mi amasse? E se dirlo peggiorasse le cose tra di noi?

E poi, quando mi ha baciata, l'ho baciato di rimando.

Lo volevo.

Volevo sentire il suo corpo vicino al mio, sopra il mio, dentro il mio.

Ma fare sesso mette in luce tutto ciò che è sbagliato tra di noi.

Qualunque cosa stia succedendo, devo togliermelo dalla testa.

Almeno per ora.

Owen tornerà a casa questo pomeriggio. La situazione qui sta diventando un po' angusta, quindi Nicholas andrà in un hotel.

Owen si è offerto di stare da nostra madre, ma è fuori discussione.

Non si è presa la briga di venire a trovarlo in ospedale e, conoscendola, sarebbe stato lui a prendersi cura di lei più di quanto avrebbe fatto lei.

No, stare qui è la scelta migliore.

Dormirò sul divano e lui potrà avere la mia stanza. Fortunatamente, a Sydney e James va bene, per ora.

OWEN TORNA A CASA QUEL POMERIGGIO. Riesce a camminare dentro senza usare la sedia a rotelle che l'ospedale ha insistito che prendesse, ma crolla subito sul divano.

I medici lo hanno avvertito che si sentirà incredibilmente stanco per giorni o addirittura settimane a venire e che dovremmo aspettarcelo.

Mi siedo accanto a lui e metto la sua mano nella mia.

Sono contenta che sia qui. In un posto sicuro.

Più tardi, quella sera, la sensazione generale che tutto vada bene svanisce.

Parliamo di tutto e niente e abbiamo una bella cena, ma pensieri oscuri iniziano a perseguitarmi.

"Stai bene?" Chiede Owen, stendendosi sul divano.

"Sì, sto bene," mento.

Quando me lo chiede di nuovo, mento di nuovo. Ma non si arrende.

"La gente ti sta ancora cercando," dico finalmente.

Lui scrolla le spalle.

"Hanno provato a ucciderti una volta, probabilmente lo faranno di nuovo."

Si stringe di nuovo nelle spalle.

"Non ti interessa?"

"Sì, mi interessa, ma non sono sicuro di cosa possa fare al riguardo."

Ammetto che neanche io lo so.

Rimaniamo seduti per un po', sorseggiando i nostri drink e pensando a tutte le cose brutte che abbiamo troppa paura di dire ad alta voce.

C'è qualcos'altro, ovviamente. La sua sicurezza fisica non è l'unica cosa nella mia mente.

"Non sei mio fratello," dico.

Le parole mi sfuggono prima che riesca a fermarmi. Owen mi fissa a lungo prima di dire qualsiasi cosa.

"No, non lo sono."

Aspetto che mi chieda come lo sappia, ma non lo fa.

Ripete solo che non è mio fratello, in realtà. Come se fosse qualcosa che entrambi sapessimo da molto tempo.

"Perché non me l'hai detto?" Chiedo.

"Non sono mai riuscito a trovare un buon momento."

"E quando mi hai scritto tutte quelle lettere? Durante tutti quegli anni?"

Fa un respiro profondo e poi lo fa uscire lentamente, come se stesse espirando il fumo di una sigaretta.

Alza le spalle e le abbassa dolcemente.

"Dimmi la verità," chiedo. "Non mentirmi."

Fa un altro respiro profondo.

Poi, un'altra profonda espirazione.

Aspetto.

"Non volevo che nulla tra di noi cambiasse. Eri lì per me ed eri l'unica famiglia che avevo. Non volevo che il nostro DNA lo cambiasse."

"Allora, stavi solo... usandomi?" Chiedo.

"No, per niente. Ti amo, Olive."

Le parole mi fanno venire i brividi lungo la schiena.

Lo fisso negli occhi. Le sue iridi sono scure e piene di profondità.

Sbatte le palpebre e vedo il barlume del dolore.

Non so cosa voglia dire.

Mi ama come una sorella? O mi ama più di così? Non elabora la cosa e non oso chiedere spiegazioni.

"Ti ho scritto tutte quelle lettere perché eri l'unica persona che era lì per me, Olive. Volevo sapere della tua vita. Volevo parlarti della mia," dice.

Le parole sono difficili da dire per lui e la sua voce si spezza in continuazione.

"Sei la mia famiglia, qualunque cosa accada," aggiunge. "Non mi interessa che in realtà non siamo biologicamente imparentati."

Annuisco. Le lacrime iniziano a salirmi agli occhi.

"Neanche a me importa," dico con un singhiozzo. "Anche io ti amo, Owen."

Ho aspettato così tanto tempo che uscisse e poi così tanto tempo che si svegliasse.

Sembra che gran parte della mia vita abbia ruotato attorno all'attesa. E ora che è qui... temo di poterlo perdere per sempre.

Ci stringiamo per un po' senza dire una parola. È bello essere stretta da lui. Non c'è niente di romantico o sessuale al riguardo. È solo mio fratello e niente lo cambierà.

L'unica ragione per cui ci allontaniamo è quando sentiamo la chiave di Sydney tintinnare nella serratura.

James è con lei e arrivano con cibo e sorrisi sui loro volti per accogliere Owen a casa.

Mentre lei sistema i contenitori da asporto sul tavolino per far mangiare tutti, sento la tensione tra di loro.

"Cosa c'è che non va?" Chiedo a Sydney in un sussurro silenzioso mentre estraiamo piatti dalla credenza. "Stai bene?"

"Abbiamo litigato." Lei alza gli occhi al cielo.

"Wow, è la vostra prima volta?" Scherzo.

"Praticamente." Lei scuote la testa.

Stringo le labbra, sinceramente sorpresa. "Davvero?" Chiedo.

Lei scuote la testa in modo sprezzante.

"Perché non me l'hai detto?"

"Stai attraversando un sacco di merda, non ti voglio dare fastidio per ogni stupido litigio."

"No, no! Non farlo. Non dire così. Sei la mia migliore amica. Devo sapere cosa ti sta succedendo."

"Beh, non sei stata molto vicina, Olive."

Si avvicina al tavolino da caffè e appoggia le posate.

Mi sento una sciocca. No, più come una bambina stupida e assorta.

Ne ho passate molte, ma ha ragione. L'ho trascurata.

Quando è stata l'ultima volta che ci siamo parlate? Non riesco nemmeno a ricordarlo.

Sua madre è ancora in città? Non lo so.

Sydney e io facciamo uno sforzo considerevole per non rendere imbarazzante la cena. Owen e James parlano di sport, senza notare nulla. È amichevole con me e James per il bene di Owen. Amichevole, ma non falsa.

Dopo aver caricato la lavastoviglie, James va a correre e aiuto Owen a mettersi a letto.

Gli sto dando la mia stanza in modo che possa riposare bene sul letto mentre io sto sul divano.

Dopo averlo sistemato e aver spento la luce, busso alla porta di Sydney.

12

OLIVE

QUANDO PARLIAMO...

SYDNEY NON RISPONDE, quindi mi costringo a entrare. Mi siedo sul letto accanto a lei. Si allontana da me e incrocia le braccia.

"Possiamo parlare?" Chiedo.

Tira fuori un barattolo dal comodino e punta lo specchio rotondo verso il suo viso. Svitando la parte superiore, afferra una generosa quantità di fango e inizia a spargerla sul viso.

"Ne vuoi un po'?" Chiede dopo un momento.

"Sicuro." Annuisco.

Apprezzo il gesto e non ho intenzione di allontanare il ramo d'ulivo solo perché sono ancora truccata.

"Mi dispiace di essere stata così... assente, di recente. Sei davvero importante per me e voglio solo che tu lo sappia."

"Va bene, davvero. Ero davvero incazzata con James e non avrei dovuto fartelo pesare."

"Cosa sta succedendo?" Chiedo, rendendomi conto che mi ero completamente dimenticata di chiedere come è andato il brunch al Ritz con sua madre e James.

"Pensavo davvero che non le sarebbe piaciuto. Voglio dire, non le piace mai nessuno, vero? Beh, le piace. Un po' troppo!"

"Veramente?"

"È da nausea," dice Sydney, girando il viso verso di me. "Voglio dire, è ossessionata da lui. Continua a chiedermi dove siamo e quando porteremo le cose al livello successivo. Lei pensa che sia un pesce grosso."

"Beh, lo è."

"Sì, ma allora? Anch'io sono un pesce grosso."

"Non credo che nessuno lo stia negando."

Sydney scuote la testa e guarda il pavimento.

"Cosa c'è che non va?" Chiedo, mettendole un braccio attorno alla spalla.

Grandi lacrime iniziano a rotolarle lungo le guance.

"È lei," sussurra quando riesce finalmente a raccogliere i suoi pensieri. "È sempre lei."

Emetto un profondo sospiro.

Come ogni madre, Hilary possiede l'incommensurabile potere di far sentire sua figlia inutile.

Non tutte le madri scelgono di esercitare questo potere, e alcune lo fanno nonostante i loro migliori sforzi.

Ma Hilary lo usa sapientemente.

"Non sono mai abbastanza brava, Olive. Niente che io faccia è abbastanza buono."

"Sei una persona meravigliosa," le sussurro all'orecchio, cercando di rimediare a tutte le carenze di sua madre. "Non importa cosa dica. O pensi."

"Lo so." Sydney annuisce. "Certo, lo so. Ma non cambia il fatto che sia mia madre e... voglio che sia orgogliosa di me."

"Sono sicura che lo sia," mento.

In realtà, non ne ho idea e ho molti dubbi al riguardo.

Se Sydney avesse una madre normale, la sua prestigiosa laurea e il suo lavoro ben pagato sarebbero stati motivo di orgoglio. Ma nel libro mastro di Hilary, riesce a malapena a soddisfare le aspettative minime.

E quando si tratta di estetica, Sydney scende molto al di sotto di queste aspettative.

"Cosa ti ha detto questa volta?"

Sydney si asciuga gli occhi e scuote la testa.

Apre la bocca, ma le parole escono confuse e lei ricomincia a piangere.

In superficie, le nostre madri non potrebbero essere più diverse, ma sono identiche nel modo in cui ci fanno sentire.

Non importa cosa facciamo, non siamo mai abbastanza brave.

Nel suo caso, Sydney non sarà mai abbastanza carina o abbastanza magra o abbastanza intelligente da soddisfare sua madre.

Nel mio caso, non sarò mai abbastanza brava perché non sono mio fratello maggiore.

La crudeltà di Hilary è un po' diversa da quella di mia madre, perché con lei tutto cade nell'ombra.

Non sarà mai aperta e non dirà mai a Sydney che pensa che sia grassa, ma farà commenti e insinuazioni che lo renderanno perfettamente chiaro.

Le poche volte in cui Sydney glielo ha fatto notare, Hilary lo ha negato con tutto il cuore, promettendo che stava solo scherzando e chiedendo a Sydney perché avesse un terribile senso dell'umorismo (un insulto avvolto in un insulto).

"Quindi, le piace davvero James?" Chiedo, cercando di convincerla ad aprirmi.

"Sì. Un sacco."

Sorrido.

"Lo so." Sydney annuisce. "Ero scioccata quanto te. Voglio dire, James non lo era, ma cosa sa di Hilary, giusto?"

"Allora, cosa è successo?" Chiedo.

"Il brunch al Ritz è andato senza intoppi. L'ha imburrata e lei ha mangiato tutto. A metà strada, ho iniziato a pensare che stesse solo recitando e che avrei avuto notizie di quanto fosse terribile solo dopo, ma non l'ha fatto. Le piaceva davvero."

"È fantastico," dico.

Si allontana da me.

L'espressione sul suo viso mi dice che forse non è eccezionale come pensavo.

"Cosa c'è che non va?" Chiedo.

"Ora mi sta chiedendo come andrà a finire il tutto. Tutto il tempo. Vuole che ci trasferiamo insieme. Ci sta suggerendo di sposarci. E se ciò non dovesse accadere, so che mi darebbe tutta la colpa."

"Sposarsi?" Chiedo. "Ma vi siete appena incontrati."

Sydney fa spallucce e alza gli occhi al cielo.

"Ma non vuoi nemmeno sposarti, vero?"

"No, non proprio. Voglio dire, voglio stare con James. Lo amo. Ma il fatto che a mia madre piaccia davvero, e non solo, gli piaccia molto... mi sta davvero facendo dubitare di ciò che penso di lui."

"Okay, non farlo," dico rapidamente. "Non lasciarti confondere. Tu lo ami. Vuoi stare con lui. È positivo che le piaccia e non significa che devi ripensare a lui o alla tua relazione."

"Non vedi quanto sia malato?" Chiede Sydney. "Quanto sia un casino? Tutti pensano che abbiamo questa grande relazione madre-figlia, quando, in realtà, non è altro che una sala degli specchi."

Voglio far capire che la mia relazione con mia madre è altrettanto incasinata, ma non voglio farne una competizione per chi abbia la madre peggiore.

Sta attraversando qualcosa di serio in questo momento e voglio riconoscerlo.

Voglio essere qui per lei in tutti i modi in cui non sono stata per tutto questo tempo.

Non so cos'altro dire, quindi la abbraccio semplicemente per un po'.

"Pensaci in questo modo," mormoro dopo qualche minuto. "Non importa quanto tua madre approvi James adesso, sai che non approverebbe mai la tua relazione aperta e la tua vita sessuale."

Sydney inizia a ridere.

Grazie Dio.

Questo è esattamente la reazione che stavo cercando.

"Mi fa quasi venire voglia di dirglielo," dice.

"Non farlo. Almeno, non ora. Devi tenerlo per i tempi bui."

"Anche allora," dice dopo un momento in cui il suo sorriso scompare. "Lo odierebbe e non lo lascerebbe mai andare. Non ce la faremmo mai."

Le faccio un cenno di assenso.

Ha assolutamente ragione.

Se Hilary dovesse mai scoprire i loro gusti in camera da letto molto poco *vaniglia*, farebbe di tutto per metter un muro tra di loro.

No, è meglio solo immaginare lo sguardo sul suo viso se dovesse mai scoprirlo piuttosto che affrontarne effettivamente le ripercussioni.

"Mi dispiace, mi sono così arrabbiata con te, prima," dice Sydney, girando il suo corpo verso di me e sedendosi più in alto sul letto. "Stava solo facendo tutte queste battute sul mio corpo e su quanto fossi grassa senza davvero essere aperta e dire che fossi grassa, e mi ha fatta sentire... terribile."

"Per favore, non devi scusarti. Non sono stato una buona amica per te da un po'. Mi dispiace tanto che tua madre sia così. Sei bellissima, lo sai, vero?"

Lei annuisce, ma non sono convinta.

Le metto un dito sotto il mento e costringo i suoi occhi a incontrare i miei.

"Sei incredibile, bellissima e stupenda. Non so perché tua madre dica queste cose, ma non puoi crederle."

Una lacrima le rotola lungo la guancia, ma è una lacrima di felicità.

Mi avvolge tra braccia e mi tiene stretta.

13

NICHOLAS

QUANDO CI INCONTRIAMO DI NUOVO...

ARRIVO al bar in anticipo per prendere un drink prima del nostro incontro. Questi incontri non vanno mai bene, poiché odio la sua vista e il suo odore, e non ho idea di come estirparlo dalla mia vita.

Beh, questo non è esattamente vero, mi dico bevendo un sorso del migliore whisky a disposizione.

È scuro e ricco in sapore e mi fa sentire momentaneamente meglio riguardo alla mia situazione.

C'è una cosa che posso fare per risolvere tutti i miei problemi.

Posso sparire.

L'ho fatto un po' alle Hawaii, ma non è stato uno sforzo valoroso. Ho usato il mio nome.

Ho fatto affidamento su vecchi contatti per fare nuove amicizie.

Ho fatto affidamento sulla mia reputazione per fare quello di cui pensavo di aver bisogno.

E se non lo facessi più?

E se davvero svanissi?

Completamente?

Nuovo nome.

Nuova identità.

Nuovo stile di vita.

Le persone lo fanno sempre. Ho delle abilità che mi terranno a galla mentre proverò a capire tutto e ad iniziare una nuova vita.

Non credereste quante persone vivono ufficialmente sotto nuove identità attraverso il Programma di protezione dei testimoni e quante altre migliaia lo stanno facendo ufficiosamente.

Potrei essere in quella statistica.

Iniziare una nuova vita in un nuovo posto risolverebbe tutti i miei problemi.

Se lo facessi bene, né l'FBI, né la polizia, né chiunque altro nel governo sarebbe in grado di trovarmi.

Prima di tutto, non ho ucciso nessuno e, finora, il caso che stavano cercando di mettere in piedi contro di me per aver presumibilmente ucciso il mio vecchio partner non è affatto un caso.

Pertanto, avrebbero difficoltà a trasferire la mia storia sul Più Ricercato d'America e su altri programmi televisivi che richiedono l'aiuto del pubblico nella ricerca di fuggitivi.

Se svanissi e iniziassi una nuova vita, non dovrei più lavorare per l'FBI per raccogliere prove sul fratello di Olive e non dovrei preoccuparmi del debito che la folla pensa che io debba.

Nessuno sarebbe in grado di trovarmi.

C'è solo una nota negativa in questa visione. Olive Kernes.

Non le ho detto che la amo, ma lo faccio. Più di tutto. Voglio che venga con me, ma ho paura di chiederglielo.

Ho paura che dica di no.

Non posso dirle della mia relazione con l'FBI e certamente non posso parlarle del loro desiderio di raccogliere informazioni su Owen.

Finora, Owen non può fare nulla di male ai suoi occhi.

Finora, Owen è un dio e fino a quando non cambierà, lei si schiererà dalla sua parte se dovesse scoprire la verità su di me.

L'altra opzione è mentirle. Posso dirle che devo scomparire a causa delle persone che mi stanno cercando.

Stanno minacciando la mia vita e l'unica via d'uscita è non essere più qui e non essere Nicholas Crawford.

Le importa di me e si preoccuperebbe, ma sarebbe abbastanza?

Suo fratello è nella stessa identica situazione ed è

appena uscito da un coma derivante dal fatto che qualcuno stava davvero cercando di ucciderlo.

Non lo lascerebbe.

Non inizierebbe una nuova vita con me lasciandolo solo.

E se ci fosse un'altra opzione?

Quel pensiero non mi era mai passato per la testa prima di allora, e anche adesso, sorseggiando il secondo bicchiere di whisky, mi fa venire i brividi.

Owen non mi piace e lui mi odia.

Non abbiamo una buon passato, ma ciò non significa che non possiamo trovare un terreno comune per preservare entrambe le nostre pelli.

Come dice quel detto?

Il nemico del mio nemico è mio amico? Forse è così. Forse è la soluzione a tutti i nostri problemi?

Bevendo un altro sorso, faccio scorrere le dita sul piano del bancone.

Ci sono molte profonde incisioni in esso da anni di

usura, che gli conferiscono carattere e l'aspetto ben consunto di un luogo in cui molte persone si sono sedute e hanno seppellito i loro problemi sul fondo di una bottiglia.

Altri pensieri mi affluiscono alla mente.

I risultati del test del DNA che dimostrano la vera identità della madre di Olive si trovano ancora in una cartella nel vano portaoggetti della mia auto.

Le avrei consegnato tutte le informazioni su chi fosse veramente e avrei aspettato che mi gettasse le braccia al collo e mi avesse baciato come se non mi avesse mai baciato prima. Ma non ho mai trovato il momento giusto.

Forse non c'è il momento giusto.

"Mi dispiace, sono in ritardo," dice Art, sedendosi accanto a me.

Questa è la prima volta che si sia mai scusato per questo e non sarei sorpreso se questa è la prima volta che ha mai detto che gli dispiaceva per qualcosa.

"Nessun problema," dico. "Ho preso un buon drink per farmi compagnia."

"Prendo quello che ha preso lui," dice Art al barista. "Allora, come stai, Nicholas?"

Ora, so che è successo qualcosa. L'Art Hedison che conosco non vuole altro che mettermi al mio posto chiamandomi Nicky.

"Sto bene," dico senza perdere un colpo.

"Non ti vedo da un po'," dice Art.

Alzo le spalle. "Dipende più da te che da me. E Owen è stato piuttosto indisposto."

"Come sta?"

"Bene. Lo hanno lasciato tornare a casa. Nessuna perdita di memoria. Non sono sicuro che sia completamente rimesso, fisicamente, ma sai..." dico.

Non sto rivelando nulla che non sappia già.

Non l'ho visto in ospedale, ovviamente, ma sono sicuro che il suo ufficio abbia tenuto d'occhio il posto, se non con contatto diretto con i suoi dottori e le sue infermiere.

"Mi odia ancora, nel caso tu te lo stia chiedendo," aggiungo. "Quindi non ho scoperto nulla di più di quello che ti ho detto prima."

Art prende alcuni soddisfacenti sorsi dal suo whisky e chiede al barista un secondo giro.

All'improvviso, mi viene in mente che questo incontro potrebbe non riguardare affatto Owen.

14

NICHOLAS

QUANDO MI DICE COSA VUOLE VERAMENTE...

Aspetto in silenzio che Art dica qualcosa, ma non lo fa. Fa semplicemente girare il whisky nel suo bicchiere.

Sono tentato di assillarlo ma decido di concedermi il mio tempo.

Se vuole qualcosa da me e ha bisogno di raccogliere il coraggio di chiedermelo, allora aspetterò e basta.

"Andiamo a parlare altrove," dice.

Paga entrambe le nostre consumazioni e lo seguo fuori.

Presumo che torneremo nel vicolo dove di solito facciamo i nostri affari.

È lungo e stretto, senza finestre puntate vicine, il che lo rende il luogo perfetto per parlare di cose private.

Ma mi sorprende ancora una volta.

Mi conduce alla tavola calda illuminata dall'altra parte della strada.

È piuttosto vuota e si siede ad un tavolo in fondo, il più lontano possibile da orecchie indiscrete.

Quando la cameriera arriva con i nostri caffè, ordino la colazione numero tre, con uova strapazzate, toast a lievitazione naturale e un avocado a parte.

Art chiede una pila di frittelle con uova.

Mentre aspettiamo, sono di nuovo tentato di chiedergli cosa voglia, ma mi costringo di nuovo ad aspettare.

Non voglio rendergli le cose facili.

Se vuole chiedermi un favore, e a questo punto ne sono abbastanza sicuro, dovrà chiedermelo davvero.

"Ho bisogno del tuo aiuto," dice Art, guardandomi dritto negli occhi.

A differenza del bar, dove eravamo seduti spalla a

spalla, qui a questo tavolo, l'uno di fronte all'altro, non c'è nessun posto dove nascondersi in modo che non si infastidisca.

"Che tipo di aiuto?" Chiedo.

Art si guarda intorno e abbassa la voce. "Fammi vedere il tuo telefono," dice alla fine.

Lo tiro fuori dalla tasca e lo poso sul tavolo.

"Non stai registrando la conversazione, vero?" Chiede.

Wow, deve essere una cosa seria se è preoccupato che lo stia registrando.

Nel mio lavoro, l'ultima cosa che voglio è portare in giro la prova che stai parlando con le autorità.

"No, certo che no," dico.

Chiede di vedere di nuovo il mio telefono e non dice un'altra parola finché non lo esamina per assicurarsi che non ci siano registrazioni in corso in nessuna cartella nascosta.

Quando è soddisfatto, me lo restituisce e prende la sua tazza di caffè.

"Mi dirai cosa sta succedendo?" Chiedo proprio mentre la cameriera torna con i nostri enormi piatti di cibo.

Aspetta che lei se ne vada prima di guardarmi di nuovo.

"Devo un debito a qualcuno," dice Art alla fine. "È piuttosto grande."

"Quanto grande?"

Lui non risponde.

"Cosa vuoi da me?" Chiedo invece.

"Voglio che tu apra una cassaforte nella casa di qualcuno e rubi un quadro," dice piano, sottovoce.

"Perché?"

"Come favore."

"Che vantaggio ne ricavo?"

"Se lo fai, non dovrai più spiare Owen."

Lo fisso per molto tempo.

Questa è l'unica cosa che voglio, la risposta alle mie preghiere. Ma sono anche scettico.

"Trovo difficile credere che i tuoi capi mi lascerebbero andare... semplicemente così."

Lui scrolla le spalle. "Non ti lascerebbero andare. La tua copertura può essere compromessa, ma in senso buono."

"E il caso contro di me?"

"Posso far sparire anche quello. Le prove possono essere perse."

"E Owen? Perché all'improvviso il tuo capo non si preoccuperebbe più di lui?"

Art si guarda di nuovo in giro, ma in un modo che sarebbe difficile per chiunque dichiarare come sospetto.

"Attualmente, la sua cartella clinica afferma che non ha subito alcuna perdita di memoria, ma non deve per forza restare così. Le cartelle cliniche possono essere confuse. Se è mentalmente compromesso, è inutile per noi. Le indagini contro di lui spariranno."

"Tutto per questo?" Chiedo.

Lui annuisce. Non è abbastanza. Ho bisogno di una spiegazione.

"Art, devi dirmi di più. Devo sapere in cosa mi sto cacciando," dico, spalmando un po' di avocado sul mio toast e prendendone un boccone.

"Ho fatto tutto il lavoro preliminare. Conosco questo tizio e dove tiene il dipinto. Posso darti tutto quello che ho dopo. Tutti i dettagli. Ma solo dopo aver accettato l'accordo."

Mastico lentamente, cercando di cacciare via la sensazione per cui questa sia una sorta di piano che mi possa rinchiudere dietro le sbarre tutta la vita.

"Quanti soldi devi?"

Art versa una generosa quantità di sciroppo d'acero sui suoi pancakes prima di rispondere, "Quattrocento mila."

"Quattrocento?" Sussurro. Lui annuisce.

"Sei stato un ragazzo molto cattivo, Art."

Lui scuote la testa.

"Non doveva andare in quel modo. Ne dovevo solo cento quando ho perso, la scorsa settimana. Ma poi ho pensato di avere una buona possibilità e di poter riconquistare tutto. Ho scommesso in grande e poi ancora più in grande. Alle sei del mattino, avevo perso tutto ed ero in debito di quattrocento mila."

"Fanculo," sussurro sottovoce.

"Sì, all'inizio mi sono sentito così. E poi ho capito a chi dovevo i soldi."

"Chi?" Chiedo.

Art mi fissa come se avessi fatto la domanda più folle al mondo.

"A chi altri?" Ride.

15

NICHOLAS

QUANDO MI DICE COSA VUOLE VERAMENTE...

Art non deve dirmi il nome ad alta voce. C'è solo una persona in questa città in grado di buttare quel tipo di denaro in un gioco di carte illegale.

"Quanto tempo hai per pagare?" Chiedo.

"Una settimana."

Rido, scuotendo la testa. "Sei fottuto."

"Sì, lo so, è per questo che sto parlando con te."

"Diciamo, e questa è un'ipotesi molto grande, ma diciamo che io accetti. E poi? Cosa ti porterà questo dipinto? Un'altra settimana? E poi cos'altro?"

"Ne vale sette sul mercato aperto e ho un acquirente che me ne pagherà quattro."

"Quindi, lo sto facendo per te gratuitamente?" Chiedo.

"Non esattamente. Stai acquistando la tua libertà. Non spiare più il fratello della tua ragazza. Non sarebbe più necessario presentare un ricorso contro la gente cattiva. Io e te avremmo finito. Farò sparire il tuo file e non vedrà mai più la luce del giorno."

"Mi stai dicendo che un procuratore non mi troverà tra un anno o due e mi accuserà di qualunque cazzo di cosa tu abbia su di me?"

"No," dice Art, scuotendo la testa. "Voglio dire, sì, è esattamente quello che ti sto dicendo."

Prendo un altro boccone e rimugino su tutto.

"Quale prova avrei che manterrai la tua parola dopo che ti avrò consegnato questo dipinto?" Chiedo. "Se posso ottenere questo dipinto, in primo luogo."

"Non ne avresti."

"E se questa fosse solo una trappola per convincermi

a commettere questo crimine in modo da potermi arrestare?"

"E se lo fosse?" Chiede.

"È così?" Lo sfido.

"Assolutamente no. Inoltre, non ho bisogno di metterti in trappola. Abbiamo già un file su di te ed è per questo che ti stiamo usando come informatore. Questa è la tua occasione per smettere di essere un informatore e riavere indietro la tua vita."

Bevo un sorso del mio caffè freddo e stantio e alzo la tazza in aria per un secondo giro.

Non ci diciamo una parola mentre la cameriera la riempie.

"Non so nulla sul furto di quadri," dico dopo un po'. "Non ne ho mai preso uno, prima."

"Sei fortunato, allora, perché la tua ragazza sa tutto."

Questo attira il mio interesse.

"Oh, non te lo ha detto?" Chiede Art, sporgendosi vicino a me. "Bene, lascia che ti illumini."

Provo a comportarmi come se lo sapessi già, ma ascolto attentamente.

"Quando era al college, rubò un piccolo quadro, circa un otto per dieci. Apparteneva alla madre di una ragazza che conosceva dalla sua classe di letteratura britannica. I proprietari lo tenevano in una casa a Cape Cod e lei si è intrufolata e l'ha preso dalla loro camera blindata."

Mi appoggio allo schienale della panca, cercando di adattarlo a ciò che già so di Olive, e non si adatta.

"Non lo ha sostituito con nulla," dice Art. "Lo ha solo preso ed è scappata."

"Che cosa è successo?" Chiedo.

"All'uscita, è stata catturata da una guardia di sicurezza a cui ha sparato a una gamba. Fortunatamente, è sopravvissuto."

Osservo il suo viso mentre muove la forchetta attorno al piatto e si lecca le labbra.

I suoi occhi incontrano lentamente i miei.

Vedo uno strano sguardo di soddisfazione nei suoi occhi.

"Non sono sicuro se quella storia dovrebbe farmi sentire meglio, ma non mi dà esattamente molta fiducia nel lavorare con lei come partner."

"La volta successiva è andata meglio," dice Art sorridendo.

"Lo ha fatto di nuovo?" Chiedo, sollevando le sopracciglia.

"Altre due volte. Diverse persone nel New England. Non siamo davvero sicuri di come li conoscesse tutti. La cosa particolarmente curiosa è che tutti i proprietari si sono rifiutati di sporgere denuncia."

"Uh," dico. "Perché?"

"I dipinti valgono centinaia di migliaia di dollari e tuttavia i loro proprietari non hanno mai sporto denuncia. Perché avrebbero dovuto?"

Conosco la risposta tanto quanto lui. Non voglio dirlo ad alta voce.

"Sono stati rubati," finalmente borbotto.

"Esatto." Sorride con un sorriso arrogante, saccente e onnisciente.

"Chi erano gli artisti?" Chiedo.

"Non so nulla di arte ma erano tutti grandi nomi. Georgia O'Keeffe, Jenny Saville, Frida Khalo. Suonano familiari?"

La mia bocca quasi cade sul pavimento. Questi sono alcuni degli artisti più venduti e rispettati in circolazione.

Jenny Saville ha addirittura stabilito un record per un'artista vivente quando il suo dipinto è stato venduto per quasi dodici milioni e mezzo nella Londra di Sotheby.

"Allora, cosa è successo a questi dipinti? Venduti per un quarto del loro valore sul mercato nero ad alcuni collezionisti ombrosi che li avrebbero appesi ad un muro e non avrebbero mai permesso loro di vedere la luce del giorno?"

"Si potrebbe pensare così, vero?" Dice Art ridendo. "No. Furono riesposti nelle gallerie e nei musei da cui erano scomparsi. I direttori artistici li hanno trovati nei loro uffici nella stessa settimana."

Lo guardo, incerto su cosa dire.

Bevo un altro sorso di caffè e Art ordina il dessert.

La conversazione è quasi finita, eppure c'è ancora molto da dire.

Improvvisamente, ho più domande di quante ne abbia mai avute, eppure non credo che le risposte saranno imminenti.

"Come fai a saperlo?" Chiedo infine.

"Lavoro per l'FBI," dice sottovoce. "È nostro compito conoscere le cose, o almeno fare del nostro meglio per saperle."

"Allora, mi stai dicendo che Olive, Olive Kernes? La mia Olive? È colei che è responsabile del furto di quei quadri?"

Art annuisce.

"E ora le chiederai di aiutarti a rubarne un altro. Per me."

"C'è un piccolo inconveniente nel tuo piano, Art," dico. "Se ha davvero rubato quei dipinti e li ha restituiti ai legittimi proprietari, allora non sarà troppo entusiasta di aiutarmi a rubare un dipinto per farti pagare i tuoi debiti di gioco."

"Beh, non può essere tutto facile, no? È qui che tu entri in gioco. È il tuo lavoro convincerla che è nel suo interesse farlo. Voglio dire, toglierà l'FBI dal collo di Owen, questo è certo. Oh, aspetta, non lo sa, vero?" Ride.

Lo fisso e scuoto la testa, incredulo.

Anche adesso, anche quando viene da me per chiedermi aiuto, non può fare a meno di essere uno stronzo.

16

NICHOLAS

QUANDO LEI VIENE DA ME...

DOPO CHE ART se ne va, sto seduto al tavolo per molto tempo. Le luci fluorescenti tremolano sopra la mia testa ma sono troppo preoccupato per lasciarmi disturbare.

Ho molti problemi a elaborare ciò che Art mi ha appena detto.

Olive ha davvero rubato quei quadri? E se sì, come?

Li ha semplicemente restituiti?

Nessuna ricompensa, niente di niente?

Perché?

La risposta all'ultima domanda mi sfugge.

Se non avesse avuto bisogno dei dipinti, avrebbe potuto venderli.

Sì, avrebbero dovuto essere venduti sul mercato nero, e allora? Erano già stati acquistati lì.

Una volta che i dipinti sono scomparsi dalle gallerie, i loro proprietari hanno avvisato tutte le autorità e nessuna casa d'aste o commerciante d'arte importante o rispettabile avrebbe mai avuto a che fare con loro.

Ma ciò non significa che Olive non avrebbe potuto ricavarne un simpatico gruzzolo.

I miei pensieri girano in tondo fino a quando non si accontentano della proposta di Art.

Lo aiuto a rubare un dipinto, lui lo vende, paga i suoi debiti e mi lascia libero.

Non devo più spiare e riferire informazioni su Owen.

Non devo più tradire Olive o nemmeno mentirle.

Scappare e nascondersi sotto un'altra identità sarebbe molto più facile se l'FBI non mi inseguisse.

Se è solo la malavita, posso gestire la cosa.

Per quanto ne so, non tengono ancora traccia delle carte di credito e dei telefoni cellulari come il governo.

Owen ha bisogno di sparire per un po' per far raffreddare la situazione, quindi, forse, un'offerta per andare via da qualche parte sarebbe qualcosa che lei prenderebbe in considerazione.

Portarlo con sé non è l'ideale, decisamente, ma è... qualcosa.

È un'opzione. E Olive e io saremmo ancora insieme.

Non può essere male, no?

———

LA PROPOSTA di art mi ronza ancora in testa il giorno dopo, quando Olive viene a trovarmi nella mia camera d'albergo.

Parliamo di Owen e Sydney e di cosa dovremmo prendere per cena.

Sembra che ci sia qualcos'altro di cui lei vuole parlare e so che per me è così. Dopo qualche boccone di asporto cinese, finalmente glielo chiedo.

"Ho un nuovo lavoro. È un dipinto. Sei pronta per farlo?"

La guardo mentre cerca di valutare la sua risposta, ma reagisce a malapena.

"Non lo so, Nicholas," dice alla fine. "Non so se sono più pronta per questo."

Ho la bocca secca.

"Che cosa? Perché?"

"Sono preoccupata per Owen. Non ne abbiamo parlato, ma quelle persone che hanno cercato di ucciderlo, sono ancora là fuori. Sembra pensare che andrà tutto bene, ma hanno provato a ucciderlo una volta. Lo faranno di nuovo. E la prossima volta ci riusciranno."

"Allora, cosa pensi di fare?"

Mette la sua mano nella mia e mi guarda con i suoi grandi occhi spalancati.

"Non lo so, ma non sono sicura di poter stare qui con lui."

"Non è sicuro. Sono totalmente d'accordo."

"E' così?" Chiede.

"Avevo intenzione di parlartene," dico.

Osservando le sue ciglia svolazzare ad ogni respiro, raccolgo i miei pensieri.

Sento dove sta andando con il suo pensiero e se solo potessi saltare avanti e arrivarci prima di lei, allora forse avrei la possibilità di mettere insieme questo piano.

"Owen non dovrebbe rimanere in questa città. Non sono sicuro di chi lo stia perseguendo, ma sappiamo tutti che sono molto pericolosi. Deve andare via di qui e ha bisogno di soldi per sparire."

"Sparire?" Sussurra.

I suoi occhi si illuminano per un secondo, ma poi le sue spalle cadono.

"No, non credo..." inizia a dire, ma la interrompo.

"Ascoltami. Anche io devo andarmene da qui. Ma i miei soldi sono un po' limitati. Se mi aiuti a prendere questo dipinto, posso finanziare tutto."

Una bugia rotola in un'altra e in un'altra.

Non ho abbastanza per iniziare una nuova vita, figuriamoci trascinare altre due persone che farebbero affidamento su di me.

Ma ho bisogno del suo aiuto.

Se è stata in grado di rubare quei dipinti, allora è molto meglio di quanto non avessi mai immaginato.

Diavolo, probabilmente è meglio di me.

"Perché mi hai promesso tutti quei soldi, se non li hai?" Chiede piano.

"Sì, Olive. Li ho. Ma non è tutto disponibile contemporaneamente. Inoltre, mi hai promesso di aiutarmi, in cambio. Questo è il mio prossimo lavoro. Lo farai?"

"Quanto costa?"

Faccio un gran respiro.

"Non è che non voglia più lavorare con te, Nicholas. È solo che non posso mettere a repentaglio qualsiasi cosa accada. Sono fortunata a riavere Owen nella mia vita, vivo e vegeto. L'ho perso una volta. Non lo farò più."

"Questo è il punto, Olive. Ecco perché devo fare questo lavoro. Ci darà abbastanza soldi per iniziare una nuova vita," dico. "Cioè, a meno che tu non voglia semplicemente iniziare una nuova vita con Owen."

"No, certo che no," dice rapidamente.

"Voglio dire, so che non è proprio tuo fratello. Voi due siete vicini..."

Lascio scemare la mia voce e spero che lei capisca il punto.

"Non pensarci nemmeno, Nicholas," dice lei, facendo una faccia imbarazzata. "È mio fratello, anche se il nostro DNA non è lo stesso. Questo non cambierà mai."

"E tua madre?" Chiedo.

Si siede sul divano e avvolge le braccia attorno alle ginocchia. "Di quello non sono così sicura. È bello avere una buona ragione per tirarla fuori dalla mia vita. Vorrei solo poter scoprire chi è la mia vera madre."

Distolgo lo sguardo.

Sono tentato di estrarre quella cartella e rivelare la verità.

Certo che lo sono. Ma qualcosa mi ferma.

La cartella sembra un po' come un Ave Maria e qualcosa mi sta dicendo di tenerla nella mia tasca, nel caso in cui questa conversazione vada all'inferno.

"Fai questo lavoro per me, Olive. Sarà l'ultimo, per noi," dico, prendendola tra le mie braccia. "Rubiamo questo dipinto e il nostro accordo originale verrà sciolto. Ma possiamo usare i soldi che ne derivano per iniziare una nuova vita. Nuove identità. Da qualche parte, lontano da questo posto, dove nessuno sa chi siamo. Lì, nessuno saprà chi sia Owen e non avrà debiti con nessuno."

Mi guarda negli occhi e guardo le sue iridi illuminarsi alla luce del sole. "E non dovrai debiti a nessuno nemmeno tu, eh?" Chiede.

Alzo le spalle. "Se dicono che devo loro qualcosa, allora forse è così. Tuttavia, credo di aver pagato i miei debiti molto tempo fa."

Lei distoglie lo sguardo da me.

"Perché è un cattivo piano?" Chiedo. "Cosa ti impedisce di dire di sì?"

Inclinando la testa per guardarmi in viso, restringe gli occhi. "Vuoi sapere la verità, Nicholas?" Chiede.

Annuisco.

"Penso che tu mi stia mentendo."

Il mio cuore sprofonda nella fossa del mio stomaco.

Deglutisco.

A fatica.

"A proposito di cosa?" Chiedo.

"Non lo so. Mi stai mentendo?"

"No." Scuoto la testa.

Sollevo il mento verso l'alto e premo le mie labbra sulle sue.

Lei cerca di allontanarsi, ma la avvicino.

Dopo un momento, mi bacia anche lei.

17

OLIVE

QUANDO MI BACIA...

ALL'INIZIO, mi sposto.

Non voglio che mi baci perché c'è ancora molto di cui dobbiamo parlare.

Ma più a lungo le nostre bocche rimangono l'una sull'altra, più mi viene in mente come erano le cose quando ci siamo incontrati per la prima volta.

Il fuoco che sembrava essersi spento durante tutto quel tempo, mentre stavo aspettando Owen in ospedale, improvvisamente si riaccende.

Le sue mani si fanno strada su e giù per il mio corpo e la mia testa inizia a spaziare. Dimentico tutti i milioni di pensieri che mi passano per la mente e lascio solo che una parte più primitiva di me prenda il sopravvento.

Comincia a spogliarmi.

Le mie ginocchia iniziano a cedere, ma sistemo la mia posizione.

La stanza, che già era calda, ora è soffocante.

I miei respiri accelerano.

"Dimmi di smettere," mi sussurra all'orecchio.

Le sue parole mi colgono di sorpresa e rido. Lui ride insieme a me.

"Mai," dico, baciandolo sul collo.

Le sue mani mi tirano i vestiti e mi fa scivolare la mano sotto la maglia. Le sue dita sono calde contro la mia pelle, ma i brividi mi scorrono comunque lungo la schiena.

Lo guardo.

I nostri occhi si fermano.

Quando sbatte le palpebre, vedo quella macchia d'oro nella sua iride.

Non voglio che si fermi e so che non vuole fermarsi.

Non è stato tanto tempo fa quando eravamo tra le braccia l'uno dell'altra, ma sembra anche che sia passato più di un secolo.

Una ciocca di capelli mi cade negli occhi.

Ho la bocca secca.

Soffio via il ciuffo proprio mentre Nicholas mi bacia di nuovo.

Dopo avermi tirato la maglia sopra la testa, mi fa scorrere le dita lungo il braccio.

Fa il solletico e sorrido.

"Dimmi di continuare," sussurra.

"Continua," rispondo.

In camera, ci sdraiamo sul letto.

Osservo il modo in cui le sue clavicole si muovono leggermente ad ogni espirazione.

Alzando la testa, guarda i miei seni nudi e disegna piccoli cerchi su di loro con un dito.

Mi lecco le labbra.

Il mio respiro accelera.

Mi mette una mano sul petto per sentire il battito del mio cuore martellare. Poi ci preme l'orecchio.

Lo guardo mentre mi ascolta fino a quando il mio respiro si stabilizza. Poi si volta e mi bacia.

Mentre preme le sue labbra sulle mie, tutto il mio corpo si eccita. La pelle d'oca mi scorre sulla pelle e i miei capezzoli si induriscono.

Un fuoco che prima era appena una fiamma inizia a ruggire dentro il mio nucleo. Le mie gambe si aprono da sole.

I miei fianchi non ascoltano. Si muovono su e giù secondo il loro ritmo.

Perdiamo il resto dei nostri vestiti. Chi si toglie cosa e quando, non ne ho idea, ma pochi istanti dopo giacciamo nudi uno accanto all'altro.

Nicholas mette il suo corpo sopra il mio.

Fletto le dita dei piedi.

Tutto il mio corpo arde per lui e ho bisogno di avere quello che voglio. Lo avvicino.

Premo la bocca sulla sua.

"Ti voglio dentro di me... ora," mormoro, mordendogli il lobo dell'orecchio.

"Ogni tuo desiderio è un ordine," sussurra. Mi apro e lo accolgo dentro.

"Sei così bella," dice ancora e ancora.

È l'uomo più sexy che abbia mai visto, ma sono troppo consumata dal momento per dire una parola.

I muscoli della sua schiena si espandono e si contraggono ad ogni mossa. Scavando le mani nella sua carne, lo spingo più in profondità dentro di me.

"Io..." comincio a dire.

Le parole mi si bloccano in gola. Non mi sente, ma non importa.

So cosa ho quasi detto.

Io ti amo.

La frase è così pura e così semplice. Eppure, quando apro di nuovo la bocca, non viene fuori nulla.

"Stai bene?" Chiede Nicholas, guardandomi.

"Sì, sto bene." Forzo un sorriso.

"Va bene?" chiede ancora.

Lo bacio e inizio a muovere i fianchi. "Va più che bene," sussurro, baciandogli il collo.

"NON MENTIRMI, Nicholas. Io... ci tengo molto a te e non voglio che tu mi menta."

La parola tengo dovrebbe essere amo, ma non riesco a convincermi a dirlo. Quel tipo di onestà mi sfugge ancora. Ma la richiesta è vera.

Aspetto un momento che lui me lo dica ma, ovviamente, non lo fa. Invece, si siede e si appoggia contro la testiera.

Il lenzuolo giace sul suo corpo, appena sotto la sua tonica regione pelvica. Tutti e sei gli addominali del busto si rilassano e si contraggono ad ogni respiro, incantandomi per un momento.

Il mio corpo è molto meno perfetto del suo e tuttavia mi guarda esattamente con la stessa adorazione con cui lo guardo io.

"Non ti sto mentendo," promette ancora e ancora.

Tuttavia, quella sensazione nella parte inferiore del mio stomaco non si attenua. Diventa solo più nauseabonda.

"Allora, qual è il piano?" Chiedo, alzandomi dal letto. "Come funzionerebbe tutta questa faccenda?"

"Sono contento che tu l'abbia chiesto." Gli occhi di Nicholas si illuminano. "C'è una coppia di anziani che vive in una casa di quattrocentocinquanta metri quadrati con cinque camere da letto a Martha's Vineyard. Collezionano quadri da un po' e ne hanno un certo numero in loro possesso. Non sono particolarmente appassionati all'onestà."

Gli faccio un lieve cenno del capo.

Va bene, penso tra me. Non va bene rubare, ma è meglio rubare ad altri ladri.

"Lo hanno rubato?"

"No, non rubano," dice Nicholas.

Mi mordo l'interno della guancia.

"Ma non hanno problemi a comprare dal mercato nero," afferma. "Non so da dove provenga questo dipinto, ma so che non hanno pagato il giusto valore di mercato per averlo."

Non posso fare a meno di ridere. Valore di mercato? Nel mondo dell'arte? Dove tutto si basa sulla percezione e sullo scandalo e chi conosce chi e chi pagherà quanto?

"Qualcosa di divertente?" Chiede Nicholas. Mi riprendo e gli faccio una scrollata di spalle.

"No, non proprio. Da quello che so sul mondo dell'arte, a loro piace far esplodere il valore dell'opera, in qualche modo."

Lo minimizzo il più possibile, ma so di essere caduta in trappola.

"L'hai mai fatto, prima?" Chiede Nicholas.

"No," dico rapidamente.

"Mai?" Insiste.

"No." Mi difendo.

Non so perché non gli stia dicendo la verità. È successo tanto tempo fa. Ma nessuno mi ha mai fatto questa domanda, prima. E se dovessi dirlo a qualcuno, sarebbe Nicholas Crawford. Mi guarda negli occhi e aspetta. Lo fisso di rimando e stringo le labbra.

"Perché pensi che abbia tutta questa esperienza nel rubare quadri?" Chiedo, ridendo a metà. "Hai dei documenti su di me, da qualche parte?"

"No, affatto," dice. "Me lo stavo solo chiedendo."

"Allora, dimmi di più su questo lavoro."

Esamina i dettagli di base del piano.

C'è una cantina al piano di sotto, nella stanza del vino, da qualche parte dietro le bottiglie dove conservano i loro dipinti più preziosi.

Il suo obiettivo è rubarne uno per il suo cliente, il cui nome rifiuta di darmi.

"E il resto?" Chiedo.

"È qui che può diventare un po' più interessante."

"Come?" Chiedo, anche se entrambi conosciamo la risposta.

Un'opzione è fare solo il lavoro che il cliente ci ha chiesto. Il cliente ci paga cento mila e basta.

L'altra opzione è prendere anche qualcos'altro e

venderlo da soli.

Questo è ciò che ci sistemerebbe per sempre.

Niente più lavori.

Niente più clienti.

Niente più stalker o debiti.

Nicholas si rifiuta di dirmelo, ma non ha tanti soldi come sostiene.

Non sono rinchiusi da nessuna parte, semplicemente non esistono.

Pensavo che mi sarei infuriata, scoprendolo.

Ma ora ho appena interiorizzato le informazioni e le ho lasciate affondare.

Potrebbe non avere i soldi ora, ma è un uomo che ha determinate abilità e questo significa che non sarà al verde a lungo.

Questo è probabilmente il motivo per cui non sono così arrabbiata con lui.

O, forse, è perché ho mantenuto la mia parte di segreti e so come ci si sente a voler semplicemente tenere qualcosa per sé.

"Vuoi prendere anche altri dipinti, eh?" Chiedo.

Mi fa l'occhiolino.

"Sarebbe davvero bello avere qualcuno in questo lavoro che sappia qualcosa o due sul furto di opere d'arte," dice.

Capovolgo i capelli e li lancio indietro per dargli un po' di volume e liberarli dai grovigli. Passandoci le dita, li liscio e distolgo lo sguardo dallo specchio e lo guardo.

"Sì, lo sarebbe," dico finalmente.

I nostri occhi si bloccano per alcuni momenti.

Sta insinuando qualcosa.

Mi rifiuto di impegnarmi nella discussione.

Non mi dirà che mi ama.

Non gli dirò che lo amo.

Non mi dirà che non ha soldi.

Non gli parlerò del mio passato di ladra di quadri.

"Allora, ci stai?" Chiede Nicholas.

18

OLIVE

QUANDO RAGGIUNGIAMO UN COMPROMESSO...

Ci penso su per un momento. Non voglio *volerlo* fare, ma sarebbe una bugia se dicessi di no.

Improvvisamente, ho un nuovo sassolino nella scarpa.

Ma questa offerta è anche più di questo. Questa sarebbe una via d'uscita. Sarebbe abbastanza denaro per scomparire tutti. Insieme!

Questa è un'idea! L'unica persona che non ha bisogno di un motivo per fuggire sono io, eppure, se voglio mantenere sia Owen che Nicholas nella mia vita, andare via insieme è l'unico modo.

Nicholas ha pianificato tutto.

Gli chiedo di esaminare due volte i dettagli solo per assicurarsi che abbiano tutti senso.

Il punto di come elaborare questo tipo di piani è pensare a tutte le cose che possono andare storte.

Non è sufficiente definire semplicemente i passaggi di cosa fare, ma devi anche definire i passaggi di tutto ciò che faresti se accadessero centinaia di altre cose che ti impediscono di fare ciò che avevi programmato.

"Abbiamo bisogno di Owen," dico.

"Significa che sei dentro?" Gli occhi di Nicholas si illuminano.

"Sono dentro se lui è dentro."

Non è felice di sentirlo.

Non sono sorpresa.

"Okay, ascoltami. Abbiamo bisogno di una terza persona e lo stiamo facendo in parte per lui. Quindi, qual è lo scopo di condividere il bottino con uno sconosciuto quando è lui a trarne beneficio?"

"È difficile discutere con lui," dice dopo un momento.

Emetto un sospiro di sollievo.

"Ma ci proverò," aggiunge Nicholas. "Owen mi odia."

Aspetto che dica di più, ma non lo fa.

"Quindi?"

"Quindi? Non è abbastanza?"

Inspiro profondamente.

"No, non lo è," dico finalmente. "Nella maggior parte dei casi, lo sarebbe, ma non questa volta."

"Perché?"

"Non vedi che sono bloccata nel mezzo, qui? Lui è mio fratello e tu sei il mio ragazzo. Voi due avete ragioni per sparire, io no. Ma se voglio tenervi nella mia vita, entrambi, dobbiamo sparire insieme. Tutti e tre."

Mi guarda come se stessi dicendo qualcosa di ridicolo, quando entrambi sappiamo che ci ha già pensato diverse volte, prima.

"Potresti sparire da sola e lui potrebbe fare la stessa cosa, e non dovresti mai più avere a che fare con lui,

ma se mi vuoi, allora dobbiamo fare questa cosa
insieme."

Nicholas si strofina le tempie e fissa in lontananza, da
qualche parte oltre me.

"Non è proprio tuo fratello," dice dopo un momento.

"Ciò non cambia la nostra storia. Non cambia il
modo in cui mi sento nei suoi confronti."

"Cambia il modo in cui lui si sente nei tuoi confronti,
Olive. È innamorato di te."

"Non mi interessa," dico rapidamente, cercando di
cambiare argomento. "Non mi ha detto nulla al
riguardo e non è altro che mio fratello, ai miei occhi."

Scuotendo la testa, Nicholas stringe i pugni finché
non le nocche non diventano bianche.

Per ora lo lascio stare. Finché non rifiuta
esternamente la proposta, è abbastanza per me. Ora,
ho un altro problema da affrontare: convincere
Owen a salire a bordo.

QUEL POMERIGGIO, incontro Owen in una libreria.

Non stavo in una libreria da anni e avevo dimenticato quanto mi mancasse l'odore della carta e la sensazione sotto la punta delle dita.

Ha suggerito lui di incontrarsi qui e arrivo mezz'ora prima per sfogliare le selezioni.

Non c'è niente come perdersi in una libreria.

Mi faccio lentamente strada attraverso i corridoi, raccogliendo libri di autori che avevo dimenticato e giudicando i libri, non solo per le loro copertine ma anche per le dimensioni della stampa e la trama delle pagine.

Cerco alcuni dei miei autori preferiti, quelli che ho scoperto su Amazon, ma ovviamente non si trovano da nessuna parte.

Dal momento che tutti sono pubblicati in modo indipendente, pochi o nessuna delle librerie della catena immagazzina i titoli. Questo è probabilmente il motivo per cui così pochi lettori di ebook non si preoccupano più di andare nelle librerie reali. Perché dovrebbero?

È davvero un peccato, perché quei lettori leggono due o più libri a settimana.

Tuttavia, trovo soddisfacente l'escursione.

Mi perdo nel caos di un'autrice femminile di cui non ho mai sentito parlare prima e sono contenta quando le parole sulla prima pagina scorrono facilmente e rapidamente per farmi passare alla successiva, e a quella successiva.

"Ehi, ti stavo cercando," dice Owen, dandomi un colpetto sulla spalla e tirandomi fuori dalla mia profonda trance.

Mentre chiudo il libro, tenendo il dito tra le pagine in cui ho smesso di leggere, le luci sopra la mia testa sembrano aumentare di intensità insieme ai rumori che mi circondano.

"Mi sono persa un po'," ammetto.

"Capisco completamente," dice Owen, mostrandomi la sua pila di tre volumi piuttosto imponenti.

"È quello che comprerai?" Chiedo, rendendomi profondamente conto del costo di acquisto di questi volumi in questo negozio.

Sono tentata di cercare rapidamente i prezzi sul mio telefono e ordinargli i libri da Amazon, ma combatto l'impulso.

Non sarò una di *quelle* persone. Abbiamo trovato i libri in questo negozio, quindi pagheremo i prezzi da loro stabiliti.

Non farlo porterebbe al problema che si sta verificando ovunque, in America; la chiusura di tutte le librerie, visto il numero delle persone che acquistano solo libri online.

"Posso offrirti una tazza di caffè?" Chiedo. "Devo parlarti di una cosa."

19

OLIVE

QUANDO DISCUTIAMO...

Il suono della macinatura automatica dei chicchi di caffè mi irrita mentre siamo in fila dietro un paio di ragazze chiacchierone.

Owen mi fa un caloroso sorriso mentre mi chiede se abbia letto qualche buon libro ultimamente.

Inclino la testa e faccio una piccola scrollata di spalle.

Odio ammetterlo, ma sono un po' imbarazzata nel dirgli quello che ho letto.

Anche se i libri romantici sono alcuni dei libri più popolari sul pianeta, c'è un grande stigma associato ad essi. Anche coloro che li apprezzano spesso si riferiscono a loro come trash o qualche altro aggettivo umiliante.

C'è stato un tempo in cui lo pensavo anche io. C'è stato un tempo in cui leggevo solo libri di scrittori acclamati dalla critica e che erano stati approvati dai guardiani del settore editoriale.

Ma poi mi sono imbattuta in un altro mondo di finzione che non avevo mai saputo esistesse.

In questo luogo, gli scrittori non sono censurati dagli editori e hanno semplicemente scritto e pubblicato i libri che volevano.

Alcuni lasciavano molto a desiderare, ma altri hanno superato tutte le mie aspettative.

Owen e io abbiamo parlato di molte cose durante il suo periodo in prigione, ma non abbiamo mai parlato di questo.

Dopo aver ordinato un cappuccino, faccio un elenco di libri che non gli ho mai menzionato prima.

"Oh, non ne ho mai sentito parlare prima," dice. "Posso trovarli qui?"

Scuoto la testa e spiego che quei libri possono essere trovati solo online.

Tirando fuori il telefono, gli mostro le copertine.

Ce ne sono alcuni con oggetti e paesaggi, ma la maggior parte di essi è abbellita da uomini senza camicia.

Owen inizia a ridere.

"Okay, non te lo avrei mostrato se avessi saputo che mi avresti presa in giro."

Per il suo comportamento, so che chiaramente non capisce quanto sia stato difficile per me dirlo e condividerlo.

Mi prendo a calci da sola per averlo tirato fuori in primo luogo.

Sono qui per convincerlo a fare qualcosa che non vorrebbe fare e invece di creare un'atmosfera che lo convincerebbe a dire di sì, sto gettando ostacoli.

"Dai, Olive," dice Owen quando ci sediamo al bar. "Forse quei libri sono il tuo piacere proibito, ma in realtà non li leggi come faresti con la vera letteratura."

Questa affermazione mi fa bollire il sangue nelle vene.

Le mie guance si arrossano e gli occhi si restringono.

"Non hai idea di cosa stai parlando, Owen," dico tra i denti. "Quei libri sono buoni quanto quelli che leggi tu. E solo perché hanno alcuni uomini senza maglia sulla copertina, non significa che siano il mio piacere proibito."

"Okay," dice, alzando le mani. "Non intendevo offenderti."

Alzandomi in piedi, spingo indietro la sedia.

Emette un forte suono cigolante contro il pavimento di piastrelle e tutti intorno a noi alzano lo sguardo.

"Non ho bisogno di questo... giudizio da parte tua," sussurro e cammino verso l'uscita.

Sto fumando e le mie mani sono strette in pugni.

Arrivo a metà dell'isolato prima che Owen mi raggiunga.

Il sangue mi batte così forte nella testa che lo sento chiamarmi solo quando mi prende per la spalla e mi scuote.

"Olive, scusa. Sono davvero dispiaciuto."

Le lacrime che mi sono spuntate negli occhi improvvisamente si liberano e mi scorrono sulle guance.

Hanno poco a che fare con la scena in libreria e molto di più con tutto lo stress che ho vissuto in queste ultime settimane.

Le ultime notti insonni non hanno aiutato le cose in termini di regolazione del mio stato emotivo.

"Oh mio Dio, Olive." Owen mi prende tra le sue braccia. "Sono così dispiaciuto. Non intendevo questo. Sono così dispiaciuto."

Le sue parole sono smorzate dai miei singhiozzi.

Lo lascio stringermi per un po' prima di avere finalmente la forza di staccarmi.

"No, sono così stupida. Questo non ha nulla a che fare con quello. Mi sento davvero... fragile a causa di tutto quello che sta succedendo."

"Tuttavia, non avrei dovuto dire queste cose. La lettura è personale e le cose che ti piacciono sono diverse dalle cose che parlano a me. Il tipo di libri che leggiamo si intrecciano con le nostre stesse vite e le esperienze che abbiamo vissuto. Non avevo il diritto di dirti queste cose."

Per qualche ragione, le sue scuse mi fanno scoppiare le lacrime a un ritmo ancora più veloce.

Continuo ad asciugarle, ma non si arrendono.

"Questo non ha nulla a che fare con te," mormoro, stropicciandomi gli occhi con il dorso delle mani. "Mi sento così stupida. Perché non riesco a smettere di piangere?"

Owen mi solleva il mento e mi culla il viso tra i palmi.

Mi guarda negli occhi e all'improvviso inizio a sentirmi meglio.

Mi vede per quello che sono. Tutte quelle lettere in tutti quegli anni non sono state un nonnulla.

La connessione tra noi è reale.

E poi, all'improvviso, qualcosa cambia.

È difficile da spiegare esattamente, ma è come se non mi guardasse più come fa un fratello con una sorella.

C'è una nuova profondità nel nostro sguardo.

È la prima volta che sento che vuole qualcosa in più da me. Mi allontano.

Dopodiché i miei occhi si asciugano rapidamente.

Lui abbassa lo sguardo sulle scarpe e muove i piedi. Mi viene in mente che mia madre mi stava dicendo la verità.

Owen ha dei sentimenti per me che vanno oltre ciò che siamo come fratelli.

Mi mordo il labbro inferiore, cercando di decidere come risolvere questo pasticcio che ho creato.

Avrei dovuto solamente uscire subito allo scoperto e dirgli quello che dovevo.

Non abbiamo molto tempo e sicuramente non abbiamo tempo di affrontare qualcosa di così complicato.

No, la cosa migliore è nasconderlo.

Non oso parlarne e portarlo alla luce.

Ho bisogno che lui ci aiuti a fare il lavoro e ho

bisogno che scappi con noi. Se gli permetto di parlare di come si senta veramente nei miei confronti, ciò rovinerà tutto.

20

OLIVE

QUANDO GLIELO CHIEDO...

L'ARIA fresca mi schiarisce la mente e mi costringe a raccogliere i miei pensieri. Owen continua a provare a parlare di quello che è successo in libreria.

Mi sforzo di accettare sinceramente le sue scuse e di indirizzare rapidamente la conversazione verso qualcos'altro.

"Facciamo una passeggiata, ho bisogno di parlarti di qualcosa," dico e inizio a camminare.

È una piazza come le altre. Un gruppo di grandi magazzini a catena con ampi parcheggi davanti.

Un parco sarebbe un'opzione migliore, ma per arrivarci dovremmo tornare in macchina.

No, questo andrà bene.

Alcune persone camminano nei negozi dalle loro auto e altre spingono grandi carrelli sovraccarichi di borse verso le loro.

Siamo completamente esposti in pubblico, ma nessuno ci sentirà perché nessuno è qui per ascoltare.

Non so esattamente da dove iniziare ma non voglio più aspettare. Ci salto semplicemente dentro.

"Ho bisogno del tuo aiuto," dico.

Owen annuisce e aspetta che io continui. Faccio un respiro profondo e definisco il piano.

Ascolta attentamente, infilando le mani nelle tasche della giacca.

"Pensi che dovremmo scappare?" Chiede. "Insieme."

Avevo spiegato il piano con alcuni dettagli generali e ne ho parlato solo brevemente, ma questa è ovviamente l'unica cosa su cui si concentra.

"Non lo pensi anche tu?" Dico. "Hanno provato a ucciderti una volta. Lo faranno di nuovo."

Owen si schiarisce la gola.

"E la mamma?" Chiede.

Scuoto la testa.

La sua domanda mi fa arrabbiare.

Lo ha a malapena visitato in prigione o in ospedale, ma rimane la sua prima considerazione quando prende decisioni sulla sua vita.

Ma dire tutto ciò ad alta voce non lo renderà più convinto a farlo.

"E la tua vita?" "Devi uscire di qui se vuoi rimanere in vita. Almeno per un po'."

Lui scrolla le spalle.

"Possiamo dirlo alla mamma più tardi. Puoi contattarla e dirle che stai bene, ma non dove tu sia. Per la sua sicurezza. Nel caso qualcuno venga a casa sua a cercarti."

Owen smette di camminare e batte di nuovo il piede sul terreno, pensando.

"E se andassimo insieme?" Chiede, guardandomi con i suoi grandi occhi spalancati.

Il mio corpo si irrigidisce.

Non mi sta guardando come un fratello, di nuovo, ma provo a spazzare via questa sensazione.

"Non posso venire con te e lasciare Nicholas," dico severamente.

"Perché?"

"È il mio ragazzo e lo amo."

Diversamente da prima, la parola "amo" viene fuori facilmente e senza troppa fanfara. Mi sorprende, ma Owen non se ne accorge.

"Dai, Olive. Veramente? Passerai il resto della tua vita con lui?"

"Non so cosa succederà in futuro," ammetto. "Ma ora sono con lui e lo voglio così."

Vorrei che non fosse così complicato.

Una parte di me vuole semplicemente scappare con Nicholas e dimenticare tutto di Owen e della mia famiglia incasinata.

Per un momento, sono tentata di suggerire qualcosa di impensabile.

E se prendessimo i soldi e poi lui li usasse per sparire

da solo? Potrebbe iniziare una nuova vita da qualche parte.

Incontrare una brava ragazza.

Innamorarsi.

Forse avere dei figli.

Nessuno scoprirebbe mai che è stato in prigione.

Potrebbe essere la sua soluzione. Ma fissando i suoi occhi scuri, so che se lo dicessi ad alta voce, ciò lo spezzerebbe.

Non vuole iniziare una nuova vita da qualche parte perché ciò significherebbe stare lontano da me.

Se non vado con lui, non ci andrà.

Non vedrà un motivo per andare e poi gli faranno del male.

La verità è che, nonostante non siamo imparentati, Owen è la mia famiglia. Non potrei vivere in pace con me stessa sapendo che non ho fatto tutto il possibile per proteggerlo.

"Devi aiutarci a fare questa cosa," dico il più fermamente possibile. "Abbiamo bisogno di un'altra persona e tutto ciò che riusciamo a prendere ti gioverà direttamente, in modo che tu sia l'uomo migliore per questo lavoro. Dopo, avremo abbastanza soldi per sistemarci a vita. Avremo nuove identità. E sarai in grado di aiutare la mamma più di quanto puoi ora. Ma soprattutto, sarai in grado di allontanarti da loro."

Owen muove la mascella da un lato all'altro del viso mentre rimugina sulla mia proposta. "E la mia libertà condizionale?"

"Questo è il punto," dico. "Se scapperai, emetteranno un mandato di arresto. E se ti prendono, ti rimandano in prigione."

"Non suona alla grande," ammette.

"Ma se non ti catturano, non dovrai mai più fare nessun check-in con un ufficiale di libertà vigilata. Sarai un uomo libero, a partire da ora."

Non posso credere che stia sostenendo questa prospettiva, ma è l'unica via d'uscita.

"Se rimani a Boston, rischi di essere ucciso. Se fai questo lavoro e scappi, rischi di tornare in prigione."

"È un vero enigma," dice dopo un momento.

"Sai che non lo suggerirei se pensassi di avere un'altra via d'uscita."

Giriamo in un vicolo tra Walmart e Bed Bath & Beyond.

Il vento si alza e mettiamo le spalle al muro imponente, senza finestre. Un'auto solitaria ci guida di fronte, rallentando brevemente allo stop.

"Di quanti soldi stiamo parlando?" Chiede Owen.

Quando mi giro per affrontarlo, vedo un grande sorriso allargarsi sul suo viso.

21

NICHOLAS

QUANDO INIZIAMO...

Trovo difficile credere che Owen abbia effettivamente accettato di fare questo lavoro con noi anche mentre aspetto che arrivino.

La stanza che ho affittato è in un hotel senza fronzoli a tre stelle, senza pretese, rivolto a professionisti delle medie imprese che trascorrono molto del loro tempo negli aeroporti.

Non c'è plexiglass a prova di proiettile al piano di sotto, ma non esiste nemmeno un servizio di portineria.

La lobby è piccola e arredata in vinile e il caffè è stantio e freddo.

La stanza è abbastanza carina ma non c'è il fattorino o il servizio in camera. Mi siedo sul divano accanto al letto e accendo la televisione.

Rabbrividisco al rumore che il divano fa ogni volta che faccio anche il minimo movimento e picchietto le dita sulle ginocchia.

Quando lei bussa, salto in piedi e solo allora mi rendo conto di quanto sia nervoso.

Faccio un respiro profondo prima di aprire la porta per calmarmi. Non funzionerà nulla se non ti comporti come se potessi farlo nel sonno.

"Entra." Apro la porta e mi allontano rapidamente da loro.

Mi affretto a tornare al tavolo della sala da pranzo accanto al divano e mi concentro sulle scartoffie che avevo steso su di esso.

"Grazie per essere venuta," dico, raccogliendo il foglio superiore ed esaminandolo attentamente.

Ho ricevuto tutti i piani direttamente da Art e nessuno di essi ha dovuto essere scritto.

Ma per far sembrare che provenissero tutti dalla mia

stessa ricerca, ho fatto abbondanti note piene di parti cancellate e annotazioni.

Olive dà un'occhiata al mio lavoro e prende alcuni fogli per esaminarli più da vicino.

"Non riesco a leggere questo," annuncia.

Dal momento che non sono fatti per essere letti, sorrido tra me.

Owen si getta sul divano e questo esplode in una cacofonia di cigolii acuti, che non sembra disturbarlo nemmeno un po'.

"Bel posto," dice senza una sfumatura di ironia.

"Grazie." Annuisco. "E grazie per essere venuto."

"Sono qui per ascoltarti. Questo è tutto."

Questo mi sorprende. Raddrizzo le spalle e adeguo la mia posizione.

"Cosa?" Chiedo a Olive.

Lei non dice niente, quindi lo guardo.

Un altro sguardo vuoto.

"Pensavo che fossi d'accordo nel farlo", dico

finalmente.

"No, devo prima ascoltare il piano."

Scuoto la testa.

"Cosa c'è che non va?" Chiede Olive.

"Non succederà," dico scuotendo la testa.

"Perché?" Chiede.

"Non puoi ascoltare il piano senza impegnarti in questo... progetto, prima."

"Non posso impegnarmi in questo progetto se non hai un piano solido."

"Ho un piano solido. Tutti i miei piani sono validi," insisto.

"Vuoi che io ci faccia parte?" Chiede Owen, alzandosi.

"No, non proprio," dico. "Ma se hai intenzione di ottenere del denaro, penso che dovresti contribuire."

"Sai cosa?" Dice, facendo un passo verso di me.

Invece di indietreggiare, faccio un altro passo verso di lui.

"Sì, cosa?" Alzo la voce.

"Non ho bisogno di tutto questo. Non ho bisogno di te."

"E io non ho bisogno di te. Ti sto facendo un *favore*, amico!"

"Fottiti!" Fa un passo di lato e poi sbatte la spalla contro la mia.

La rabbia che sta bollendo proprio sotto la superficie esplode improvvisamente. Stringo un pugno e lo colpisco sul naso.

Fa una smorfia di dolore e quando allontana la mano dal viso, vedo che è coperta di sangue.

"Aggh!" Urla e si lancia su di me.

La forza del suo corpo mi spinge a terra e atterro sulla schiena.

Un secondo dopo, il primo pugno si scontra con la mia testa.

Poi un altro e poi un altro.

Il fiato viene temporaneamente espulso dal mio

corpo e il mio petto si restringe mentre faccio fatica a respirare.

Sento una voce alta che grida da qualche parte intorno a noi, ma le sue parole sono smorzate dal ronzio tra le mie orecchie.

In qualche modo, riesco a respingerlo e gettarmi su di lui.

Lo colpisco un paio di volte e mi piace sentire la mia mano scontrarsi con la sua faccia.

Dopo qualche altro pugno, le dita iniziano a pulsare, ma continuo a farlo.

La voce di Olive inizia a pervenirmi più chiaramente, ma non riesco ancora a elaborare ciò che sta dicendo.

"Lascialo stare!" Mi urla all'orecchio proprio mentre mi colpisce con qualcosa di duro.

La mia testa inizia a girare e il mio corpo diventa instabile.

Cerco di allontanarmi da Owen, ma invece collasso sul pavimento.

"Lo avresti ucciso." La sento dire quando apro gli

occhi e riesco a concentrarmi sul suo viso. "Entrambi, vi sareste uccisi a vicenda."

La mia testa pulsa e sono disteso sul letto.

Continua a ripetere cosa è successo come se non fossi lì o come se ciò mi potesse far sentire meglio.

Owen è sdraiato sul divano con la mano sul viso.

Come la maggior parte degli scontri fisici, il nostro combattimento non ha risolto nulla, ma ci ha permesso di sfogarci.

Entrambi abbiamo ricevuto un sacco di buoni pugni.

La mia faccia pulsante e la mano destra ne sono una testimonianza.

Con noi sconfitti, Olive prende il comando.

"Non funzionerà se non collaboriamo tutti," dice, in piedi in mezzo alla stanza. "Abbiamo tutti bisogno l'uno dell'altro."

"Non inizierò una nuova vita con quello stronzo," borbotta Owen.

Il mio petto si stringe.

Non ha bisogno di me tanto quanto io ho bisogno di

lui, ma la mia unica consolazione è che nessuno di
loro lo sa.

Se riesco a prendere questo dipinto, non dovrò più
lavorare per l'FBI per raccogliere prove su di lui e
non avrò bisogno di preoccuparmi di ripagare il
debito che la malavita pensa io debba loro.

Certo, posso farlo da solo e scomparire, ma voglio che
Olive venga con me. E l'unico modo in cui lo farà è se
può portare Owen con sé.

So tutto questo e l'ho già superato un milione di
volte. Continuo a cercare una via d'uscita, ma nulla si
presenta alla mia mente.

"Sono pronto a parlarne non appena tu lo sarai,
Olive," dico, costringendomi a rimettermi in piedi.

Il mio corpo pulsa e mi fa male, ma non oso emettere
un suono.

Il mio annuncio attira l'attenzione di Owen.

Ora, sembra lui quello non collaborativo.

Ora, sembra lo stronzo che so essere.

"Qual è il piano?" Chiede Olive.

Cammino verso il tavolo della sala da pranzo e
raccolgo i miei appunti scarabocchiati.

Sto per aprire la bocca quando ricordo la promessa
che Owen mi deve.

"Non posso entrare in nessuno di questi dettagli
senza che lui si impegni a fare questo lavoro con noi,"
dico il più tranquillamente possibile.

22

NICHOLAS

QUANDO INIZIAMO DA CAPO...

Indirizzo le mie parole a Olive.

È quella che è nel mezzo.

È la mediatrice che può farlo accadere. Mi giro per affrontarla e aspetto.

Ora tocca a lei. Si avvicina a Owen, che si siede sul divano con un'espressione arrabbiata ma sconfitta sul suo viso.

Incrocia le braccia e le gambe, ritirandosi il più possibile da tutto ciò che lo circonda.

Voglio dare loro un po' di spazio ma non c'è nessun posto dove andare. Faccio pochi passi e poi scompaio in bagno. Con la luce accesa e il ventilatore acceso, non riesco a sentire quello che stanno dicendo.

Ma quando esco, c'è l'accenno di un sorriso agli angoli della bocca di Olive. Emetto un piccolo sospiro di sollievo.

Senza insistere su scuse o spiegazioni, accetto il suo cenno del capo come un segno di successo.

"La coppia proprietaria del dipinto ha circa sessant'anni. Vivono in una casa di quattrocentocinquanta metri quadrati con cinque camere da letto a Martha's Vineyard. Hanno un certo numero di dipinti nella loro collezione," dico.

"Come ci sono riusciti?" Chiede Olive.

"Non ne sono sicuro. Il marito lavorava in un fondo speculativo e la moglie era ai vertici di una grande azienda farmaceutica. Entrambi sono andati in pensione con i milioni."

"Hai mai fatto qualcosa del genere, prima?" Chiede Owen.

Le sue parole sono piene di astio e maleducate ma scelgo di ignorare il tono.

"No, non ho mai preso un dipinto prima," dico con calma.

"Cosa ti fa pensare di poterlo fare, allora?" Mi spinge.

"Owen, per favore," interviene Olive. "Voglio ascoltare il piano."

"Anche se il signore e la signora Linchfield sono ricchi, non hanno acquistato questi dipinti da rivenditori o gallerie d'arte stimabili."

Olive mi fissa con un'espressione sorpresa.

"I dipinti sono stati rubati e li hanno acquistati da un contatto nel mercato nero," continuo.

"È colui che ti sta pagando?" Chiede Olive. "Le persone da cui hanno rubato il dipinto?"

Deglutisco forte.

Questo è esattamente ciò che Art dice Olive abbia fatto e sarebbe una coincidenza di troppo se questa storia andasse nello stesso modo.

"No." Scuoto la testa. "Non credo."

La storia non è tutta vera ma è abbastanza vera per mettere Olive dalla mia parte.

Aspettano che io continui.

Cerco di pensare al modo migliore per organizzare e presentare i dettagli che Art mi ha dato.

"Il dipinto che vogliamo è chiamato Dark Blue Mirror, di Alexandra Blur," continuo. "È fondamentalmente una tela di grandi dimensioni tutta blu scuro."

Sollevo il dipinto sul mio telefono e glielo faccio vedere. Il suo sito web dice che sia stimato settecentomila dollari.

"Aspetta un secondo," dice Owen. "Settecentomila per questo? Solo un po' di vernice blu e basta?"

Inclino la testa da un lato.

"Questo è il mondo dell'arte, Owen," dice Olive.

"Ma non ha alcun senso!"

"Beh, è così." Alza le spalle. "Non so cosa dirti."

"Quindi, posso dipingere una cosa del genere e ottenere così tanti soldi?" Chiede, incensato.

"No." Ride lei.

"Perché diavolo no?"

"Perché... non sei un artista. Non stai dicendo niente."

"Ci sono persone che muoiono di fame nel mondo, lavorano centinaia di ore solo per mettere il cibo sul tavolo e qualcuno spende questo tipo di denaro in questa merda?"

Odio ammetterlo, ma ha ragione.

Non so molto del mondo dell'arte moderna, ma i prezzi rispetto alla qualità dell'opera sono scandalosi.

Non sembra avere nulla a che fare con il dipinto ma piuttosto con il pittore e la valutazione per gli investitori.

"È proprio come il mercato immobiliare," afferma Olive. "Dieci anni fa le case costavano duecentomila e ora sono a seimila. Il mercato lo ritiene così, quindi è quello che succede."

"Okay, d'accordo," dice Owen. "Ma sono comunque delle cazzo di case, Olive. Non sono una grande tela dipinta di un colore. C'è un certo valore nel fatto che tu possa viverci."

Aspetta che dica qualcos'altro, ma lei alza le mani.

"Sbaglio?" Chiede Owen. "Voglio dire, davvero, sbaglio?"

Ancora una volta, non dice nulla.

"Nicholas?" Chiede Owen, allungandomi un ramo di ulivo, il primo da quando lo conosco.

"È fottutamente ridicolo," sono d'accordo.

"Grazie! Questo è tutto ciò che volevo sentire."

"Ma ciò non significa che non ne valga la pena," dico. "E che non avremo un bel po' di soldi quando lo prenderemo."

"Non lo sto dicendo affatto. Volevo solo sapere che non sono pazzo a pensare che si tratti di una cifra esorbitante da pagare per qualcosa del genere."

Questa conversazione alleggerisce un po' l'umore e riusciamo a sorridere.

Continuo a prendere in esame i dettagli, che sono molto più generali di quanto avrei voluto.

Art mi ha promesso che si occuperà di tutta la pianificazione, ma il problema è che pensa che darmi l'indirizzo e la posizione della loro cassaforte sia sufficiente.

Mentre comunico tutto ciò che so sul piano, Olive decide rapidamente che non è abbastanza e che dobbiamo fare ulteriori ricerche.

Tentato di combatterla, decido di no.

Non sto facendo questo lavoro per affari ufficiali dell'FBI e se dovessimo essere scoperti, Art si laverebbe le mani di me.

Olive è l'unica con una vera esperienza di furto d'arte, quindi se pensa che dobbiamo fare più lavori di preparazione, allora è quello che faremo.

23

OLIVE

QUANDO CI PREPARIAMO...

La casa dei Linchfield si trova alla fine di un vicolo cieco in una strada con solo altre tre case.

I lotti sono ampi ed estesi, pieni di fitta vegetazione che li separa dai loro vicini.

All'inizio, ho pensato che avremmo dovuto fare i conti con cancelli e guardie, ma nessuno dei due è presente.

Non ci sono nemmeno vicini in vista.

Ho sorvegliato questa casa per alcuni giorni e non ho visto un'altra singola persona venire o passare in questa strada.

Martha's Vineyard è nota per essere una residenza

estiva per ricchi newyorkesi, ma l'isolamento in questa strada mi sorprende.

Sono tentata di pensare che questo sarà un lavoro molto più semplice di quanto avessi inizialmente immaginato, ma non oso permettermi di diventare compiacente o pigra.

Rubare quasi tre quarti di un milione di dollari di arte non è qualcosa che si dovrebbe prendere alla leggera.

Dopo il litigio iniziale in quella stanza d'albergo, Owen e Nicholas sembrano andare abbastanza d'accordo.

Owen si sta comportando bene. Non ha fatto nessuna delle sue solite osservazioni sottovoce.

Lo apprezzo più di quanto probabilmente non saprà mai, ma odio scegliere da che parte stare ed essere bloccata in mezzo a loro.

Abbiamo programmato la rapina per stasera, durante il tramonto.

Il dipinto è grande e avremo bisogno di un'auto per portarlo fuori dalla zona.

Ma per paura di essere individuati, ho deciso che Owen avrebbe dovuto aspettarci lontano da qui.

Non è così tardi da far sembrare sospetto che Owen sia sul furgone con Idraulica Thompson scritto sul lato.

Nel caso qualcuno glielo chiedesse, interpreterà il ruolo di un idraulico frustrato che parla freneticamente al telefono per ottenere pezzi che dovrebbero già essere arrivati.

Ci aspetterà nel vialetto di una casa vuota una strada più in là e porteremo il dipinto lungo il canale tra le due case e poi dritto nel suo furgone.

Il piano non è perfetto.

Vorrei sapere esattamente che tipo di sicurezza hanno i Linchfield e avere più tempo per pensare a possibili problemi che potrebbero sorgere.

Purtroppo, i proprietari torneranno a casa questo fine settimana e non abbiamo abbastanza tempo.

Dopo aver esaminato il piano fino a tarda notte, lo esaminiamo alcune volte in più mentre guidiamo lì.

Tutti sembrano pronti, all'esterno.

Siamo tutti adeguatamente caffeinati, con vesciche vuote e facce stoiche.

Tremando all'interno, nascondo il mio nervosismo dietro uno strato di abiti da allenamento e nascondo le mani tremolanti nelle tasche della mia felpa.

Owen è vestito con un'uniforme idraulica Thompson, con un nome falso ricamato sul davanti.

Il negozio non l'avrebbe finito se non domani, ma con un po' di insistenza e una mancia da cento dollari, l'adolescente arrogante che si occupava delle prenotazioni è stato in grado di finire miracolosamente in tempo.

Quando gli ho consegnato la maglia, stamattina, ho evitato di entrare nei dettagli.

La mancia esorbitante lo ha messo al suo posto e ha focalizzato il suo rancore contro i ragazzini, anziché sul compito a portata di mano.

Owen gira intorno al vicolo cieco, rallentando solo brevemente così da permettere a me e Nicholas di aprire la portiera e scivolare fuori.

Ci precipitiamo sul retro della casa, sapendo che i

proprietari delle due case adiacenti non saranno qui
per altri due mesi.

Tuttavia, non si può mai stare troppo attenti.

Ripasso mentalmente la nostra copertura ancora e
ancora nel caso in cui qualcuno ci fermi.

Ci stiamo allenando per la 10k Wild Run, una gara
locale che si svolgerà tra due settimane e che richiede
ai concorrenti di correre dieci chilometri nel bosco e
su terreni sconnessi. Il canale dietro la casa dei
Linchfield è lo spazio di allenamento perfetto.

Nicholas si concentra sulla serratura della porta sul
retro. Gli bastano solo pochi secondi muovendo lo
strumento di metallo per sbloccarlo.

Ora è il mio turno.

Ho già ispezionato la porta e so che il sistema di
sicurezza che usano è magnetico.

È una piccola scatola di metallo e il sensore ha due
parti.

Una è ferma e l'altra è attaccata alla parte mobile
della porta.

L'idea è che quando viene interrotta la connessione

magnetica tra le due parti del sensore, si attivi l'allarme.

Prendo dalla tasca un magnete che ho comprato in un negozio nelle vicinanze.

È una calamita da frigorifero con faccina sorridente, ma dovrebbe funzionare.

Faccio scorrere il magnete sul sensore attraverso la piccola fessura nel telaio della porta.

Una volta attaccato, trattengo il respiro e apro la porta. Un'ondata di sollievo mi travolge quando l'allarme non suona.

"Ottimo lavoro," sussurra Nicholas.

La porta ci conduce ad una spaziosa cucina in stile mediterraneo con una grande cappa e mattoni spessi che rivestono la stufa.

Vicino alla sala da pranzo troviamo la scala che scende.

I gradini sono ricoperti di moquette come il resto del seminterrato, composto da tre stanze.

I proprietari usano la prima sala come home theater e ci sono grandi poltrone imbottite che si affacciano su un televisore montato a parete da settanta pollici.

Una delle stanze che danno su questa è una camera da letto e un'altra è l'ufficio.

"Eccolo!" Esclama Nicholas mentre mi perdo brevemente nel piccolo quadro cinque per otto sul muro, di fronte all'enorme scrivania di quercia.

Deve essere una replica, giusto?

Mi avvicino di qualche passo e scruto il pezzo. Il pezzo non è tanto un dipinto, quanto uno schizzo per un dipinto.

Ci sono alcuni tratti di pennello fatti ad olio, ma il resto è a matita. L'artista stava facendo schizzi per ciò che doveva diventare.

"Olive, non abbiamo tutto il giorno," mi chiama lui dall'altra stanza.

Un momento dopo, appare sulla soglia.

"Cosa fai?"

"Questo... questo non può essere vero," sussurro.

"Cosa intendi?"

Prendo il telefono e cerco il suo lavoro su Google, confermando i miei sospetti.

"Questo è di Claude Monet. È una versione iniziale o una proposta per i suoi famosi dipinti di Ninfee in fiore," sussurro. "Almeno credo."

Nicholas fissa l'immagine per un momento. "Dobbiamo aprire quella cassaforte," dice infine.

Annuisco.

Ha ragione.

Siamo qui per prendere quel dipinto e non dovrei essere distratta. D'altra parte, quello nella cassaforte vale settecentomila dollari sul mercato, probabilmente circa quattrocento su quello nero, e questo, se è reale, vale milioni.

Ma non può essere reale, vero?

Perché dovrebbe essere appeso qui al muro senza molto più di un pezzo di vetro che lo protegga dal mondo esterno?

"Mostrami la cassaforte," dico, allontanandomi dal Monet.

24

OLIVE

QUANDO RAGGIUNGIAMO LA CASSAFORTE...

LA CASSAFORTE si trova nell'armadio della camera da letto. È nascosta alla vista da una pila di vecchi vestiti e cappotti.

Sarebbe stato difficile scoprirlo se il contatto di Nicholas non gli avesse detto la sua esatta posizione.

Sono leggermente sollevata dal fatto che la cassaforte sembri più vecchia di quanto mi aspettassi.

Ho portato alcuni strumenti diversi perché non ero sicura del tipo di sicurezza che ci sarebbe stato e questo richiede un trapano.

Appoggio lo zaino da corsa sul pavimento ed estraggo il trapano.

"Sai cosa stai facendo, vero?" Chiede Nicholas.

Stringo gli occhi, chiaramente infastidita.

Questo tipo di affermazioni fa ben poco per infondere fiducia e la fiducia è esattamente ciò che mi manca in questo momento.

Tasto la cassaforte e busso per ascoltare i cambiamenti nel design.

Le parti vuote suonano diversamente dalle altre.

Afferro il portello e lo tiro per un momento, sperando nel meglio. A volte, quando il proprietario si dimentica di bloccare la cassaforte, si apre semplicemente ruotandola.

Non vorrei essere il tipo di ladro da lasciar passare una semplice opportunità del genere.

Sfortunatamente, la cassaforte è davvero chiusa.

Faccio un respiro profondo e premo il trapano sulla porta di metallo.

Il metodo è abbastanza semplice ma ci sono una serie di rischi per questo approccio.

Molte moderne casseforti ad alta sicurezza utilizzano

piastre spesse per impedire la perforazione. Se si dovesse perforare uno di questi materiali barriera, la collisione con il trapano ne distruggerebbe la punta.

Ho portato un numero di punte aggiuntive di varia durezza, ma non ho modo di conoscere la resistenza delle piastre di barriera fino a quando non avrò effettivamente iniziato la perforazione.

Un'altra cosa di cui preoccuparsi è il blocco di sicurezza in vetro.

Praticamente ogni cassaforte che vale il suo prezzo, ora, utilizza una lastra di vetro proprio sotto le barre di bloccaggio della molla per bloccare automaticamente la cassaforte in caso di questa esatta situazione.

Per impedire l'attivazione del blocco in vetro, devo perforare lentamente e con attenzione, ascoltando eventuali irregolarità nella parete.

La prima punta del trapano si rompe quasi immediatamente.

La seconda si spezza altrettanto velocemente.

La terza la segue rapidamente.

Ho portato scorte di ogni durezza, ma continuo a salire in durezza sperando che la successiva faccia il lavoro.

Quando finalmente la quinta inizia a perforare, emetto un lieve sospiro di sollievo.

"Cosa c'è che non va?" Nicholas chiede quando smetto di perforare per un momento.

"Shh." Metto giù il trapano per un secondo e premo il dito indice sulle labbra.

Quando i nostri occhi si incontrano, vedo il sudore sulla sua fronte, ma non lascio che le sue preoccupazioni offuschino il mio pensiero.

Raccolgo di nuovo il trapano e allineo la punta con il foro.

Prima di accenderlo, lo spingo un paio di volte cercando di capire se sono in pericolo di colpire il vetro.

A dire il vero, sono incerta.

Il suono è forte e penetrante ma non significa che sia necessariamente vetro.

Quando sto per premere per riaccendere il trapano, la voce di Nicholas mi fa sussultare.

"Qualcuno è qui," sussurra, leggendo un messaggio sul suo telefono. "Pensava che stesse solo guardando intorno alla casa, ma probabilmente sta entrando."

Merda, merda, merda, sussurro in silenzio mentre Nicholas riverbera i miei pensieri ad alta voce.

Senza perdere un momento, premo il trapano nel buco e lo riavvio e prego di non colpire il vetro. Un momento dopo, apro il portello e scruto dentro.

Nicholas estrae un tubo rotondo, aprendone la parte superiore.

Tira fuori la tela arrotolata per confermare che sia davvero lo Specchio Blu Scuro di Alexandra Blur che stiamo cercando.

Con il rumore dei passi delle persone sopra le nostre teste non abbiamo tempo per discutere se questo insieme di pennellate blu valga il suo prezzo.

Quando Nicholas fa scivolare di nuovo il dipinto nel suo tubo, ripongo rapidamente i miei strumenti nello zaino.

Udendo lo scricchiolio della porta che conduce allo scantinato, trattengo il respiro.

Nicholas chiude rapidamente il portello della cassaforte, la nasconde dietro i vestiti nell'armadio e ci spinge nell'angolo opposto.

Se qualcuno dovesse aprire la porta, dovrebbe davvero cercarci per notare qualcosa.

Aspettiamo.

I passi scendono le scale.

Trattengo il respiro.

Il battito del mio cuore sembra come un campo di battaglia nella mia testa. Nicholas mi afferra la mano e la stringe forte.

Aspettiamo.

Non abbiamo portato armi perché non abbiamo intenzione di rendere le cose violente.

Allo stesso tempo, tuttavia, non abbiamo pensato molto a ciò che avremmo fatto in questa situazione.

Se qualcuno ci avesse visti, ho sempre pensato che sarebbe stato all'esterno.

Un vicino, forse?

O forse un amico che si era fermato per controllare il posto?

Non so chi sia questa persona, ma i suoi passi sono leggeri e meticolosi.

Sta cercando qualcosa. Tratteniamo il respiro. Silenziosamente, prego che qualunque cosa stia cercando, non sarà all'interno dell'armadio in cui siamo entrambi premuti contro il muro.

Raggiunge l'anta dell'armadio.

Il mio cuore mi salta in gola. Nicholas mi stringe la mano ancora più forte e continuiamo ad aspettare.

Non ho ancora alcun piano su cosa fare se dovesse trovarci. La mia unica speranza è che lo faccia Nicholas.

La maniglia dell'anta ruota e aspetto l'inevitabile.

Solo che non arriva.

Apro gli occhi e scruto nell'oscurità.

Non riesco a vedere la maniglia ma la sento scattare in posizione.

Un passo segue un altro, tranne che ora si stanno allontanando sempre di più.

Non mi lascio sfuggire un sospiro di sollievo finché non arriva fino in cima al pianerottolo e sbatte la porta del seminterrato dietro di lei.

"Chi era?" Sussurro, le mie parole appena udibili.

"Non ne ho idea," sussurra Nicholas.

Quando mi lascia la mano, un'ondata di sollievo si precipita su di me.

Ma non siamo ancora fuori pericolo.

Siamo ancora in un armadio in una casa di estranei.

Nicholas guarda il suo telefono. Il messaggio di Owen brilla nel buio.

Quando ci fa clic, entrambi leggiamo le parole sullo schermo: *se n'è andata.*

25

NICHOLAS

QUANDO USCIAMO...

Il mio cuore non smette di martellarmi nel petto finché non usciamo di casa, attraversiamo il canale e saliamo dall'altra parte.

In realtà, non ritorna davvero al suo ritmo normale fino a quando Owen non esce dal quartiere e poi raggiunge l'autostrada.

Guida a ritmo regolare in periferia, facendo attenzione a non attirare l'attenzione su di sé.

Siamo ansiosi di festeggiare, ma non vogliamo tentare la fortuna.

"Com'è stato?" Chiedo.

Regolo il mio posto sulla cassa di plastica sotto il mio sedere, ma ciò non lo rende più morbido.

"Ha quasi aperto l'armadio," dice Olive, girandosi verso Owen. "Non avevo idea di cosa avremmo fatto se l'avesse aperto."

Ho insistito per non portare una pistola per quella precisa evenienza.

È così facile ricorrere alla forza mortale quando in realtà non è davvero necessario.

Se avesse aperto l'armadio, mi sarei precipitato su di lei, facendola cadere a terra e poi scappando dalle scale.

Con le felpe e gli occhiali da sole sugli occhi e il semplice effetto sorpresa, la donna avrebbe avuto difficoltà a identificarci con le autorità.

Inoltre, se fossimo mai stati presi e processati, la rapina con un'arma mortale comporta una sentenza molto più grave del furto con scasso.

"Ecco perché volevo che tu avessi una pistola," dice Owen.

Non era d'accordo con me e non ha fatto niente se

non definirmi un codardo per voler prevenire conseguenze irreversibili.

Ma dato che eravamo io e Olive ad entrare, la decisione era sua e lei si è schierata con me.

Quando Olive gli chiede di nuovo della donna, si limita a scrollare le spalle. "Non ne ho idea. Sembrava che fosse un'amica della famiglia perché si era solo fermata ed era entrata. Aveva una chiave. Forse stava cercando qualcosa."

"Beh, almeno non ha guardato dentro l'armadio," dice Olive.

Faccio scorrere le dita sul tubo con il dipinto arrotolato che giace sui miei piedi.

Quando colpiamo un dosso sulla strada, i bordi duri del telaio sotto la mia felpa si conficcano nel mio petto.

Almeno, non è venuta dopo che ce ne siamo andati e non ha notato che il Monet è scomparso dal muro, dico in silenzio tra me e me.

Lascio che quel pensiero indugi nella mia mente mentre ci rifletto sopra.

Inizialmente avevamo programmato di prendere altri dipinti, ma non ne abbiamo visto nessuno sulla via.

Non c'erano altri dipinti nella cantina. E, mentre usciva, Olive era troppo scossa per considerare di nuovo il Monet.

Non sa che ho preso il Monet e non sa che ho preso anche altre cose: un orologio Rolex, un braccialetto Cartier e un anello di diamanti Tiffany che sembra essere di almeno cinque carati.

Ma non nascondo nulla di tutto questo a Olive.

Voglio mostrarle ogni pezzo e voglio celebrare insieme la nostra vittoria.

Sfortunatamente, non posso.

La persona da cui li nascondo è suo fratello.

Non mi fido di lui e lui non si fida di me.

Il nostro piano è di sparire insieme e infine vivere vite separate.

Lo sistemerò con alcuni dei proventi di questo lavoro, ma non lo condividerò uniformemente. Non lo condividerò in tre parti.

In un mondo ideale, non sarebbe coinvolto affatto in tutto questo.

Non avrebbe conosciuto la mia nuova identità e non avrei legami con lui.

Ma niente è perfetto.

È la famiglia di Olive e fino a quando non fa qualcosa per tradirla, devo accettarlo come parte della nostra relazione.

Ma ciò non significa che debba condividere milioni di dollari con lui.

Guidiamo verso un ampio parcheggio pieno di macchine e troviamo un posto vicino alla cima.

Un conoscente prenderà il furgone più tardi questa sera.

Quando entriamo nell'abitato, guido tutti noi in una suite che ho affittato al Marriott.

Non è il Ritz, non ancora, ma è meglio di dove ci siamo incontrati prima.

Inoltre, l'appartamento di Olive è fuori discussione perché Sydney e James sono lì.

Ho già fatto il check-in e andiamo direttamente all'ascensore.

Ognuno di noi ha un bagaglio a mano da viaggio pieno di cambi di vestiti e altre cose.

Sappiamo che non dobbiamo dire una parola fino a quando non siamo dentro, ma i mezzi sorrisi sui volti di tutti dicono tutto.

Ho affittato a Owen una stanza vicina, in fondo al corridoio, che sembra soddisfarlo.

"Qualcuno vuole qualcosa da bere?" Chiedo, andando dritto al minibar.

Mentre Olive usa il bagno e Owen si toglie la divisa, estraggo il Monet dalla mia felpa e lo appoggio con cura dietro il comò per tenerlo al sicuro.

A causa delle loro dimensioni, l'orologio e i gioielli sono una considerazione minore e li tengo in varie tasche dei miei vestiti.

Successivamente, ci sediamo intorno al tavolo della sala da pranzo e festeggiamo con un giro di birre.

Riconosco quanto Olive sia un'esperta in casseforti e quante punte ci sono volute per aprirla.

Quando parliamo della storia per la terza volta, siamo al nostro secondo giro e il livello di celebrazione sta diventando più grande.

"Allora, come hai saputo fare tutto questo?" Chiede Owen.

"Ho la sensazione che Olive abbia molta più esperienza nel rubare quadri di quanto non ci stia dicendo," dico con una risata.

"Sì, vero? Voglio dire, come avresti fatto, diversamente?"

Olive ci fissa, i suoi occhi sbattono le palpebre a intervalli irregolari. Questa è la sua occasione per dire la verità. Che male farebbe? Mi chiedo.

"Apparentemente, voi due non avete mai sentito parlare di YouTube prima," dice.

"Hai imparato a farlo su Internet?" Chiede Owen.

Lei annuisce.

"Rimarresti sorpreso di ciò che puoi imparare online."

I nostri occhi si incontrano e io mantengo lo sguardo fisso.

Perché sta mentendo?

Perché non esce allo scoperto e ci dice la verità?

La mia unica consolazione è che forse non vuole dirlo a Owen.

Ma poi ricordo che mi aveva già mentito al riguardo, prima.

"E adesso?" Chiede.

"Porterò il dipinto al mio contatto e ci pagherà," dico con un'alzata di spalle.

"Da solo?" Chiede Owen.

Annuisco.

"È un problema?" Chiedo, il mio corpo in tensione.

"Sì, lo è," dice lui, fissandomi.

26

OLIVE

QUANDO FACCIAMO DEI PROGETTI PER IL
FUTURO...

Il sollievo di cavarsela con il dipinto senza essere
stati presi non dura a lungo.

Voglio passare la notte bevendo qualcosa e
rilassandomi, ma c'è poca fiducia tra i due uomini
nella mia vita.

So che Nicholas ha dato a Owen una stanza in fondo
al corridoio perché voleva concederci un po' di
privacy stasera, ma Owen non sta vedendo in questa
azione altro che sospetto.

"Owen, quel tizio è il contatto di Nicholas. Avrebbe
da sempre consegnato il dipinto e si sarebbe fatto
pagare da solo."

Nicholas prende la mia mano sotto il tavolo e mi dà una stretta consapevole.

"Non mi interessa," dice Owen. "Non mi sento a mio agio al riguardo. Sono un sacco di soldi. Molti dei miei soldi."

"Ehi, non avresti nemmeno preso parte a questo accordo se non fosse stato per lei," dice Nicholas. "E non dimenticare per chi stiamo facendo tutto questo."

"Oh, per favore, lo stai facendo da solo. Non hai soldi e avevi bisogno di Olive per aiutarti."

"Lo stiamo facendo per *te*! Ti uccideranno e a questo punto spero che lo facciano."

Le loro voci diventano sempre più forti e la mia testa inizia a pulsare.

Che diavolo stavo pensando? Non andranno mai d'accordo. Non avranno mai pace.

"Ascoltate," comincio a dire.

"Ascoltatemi!" Dico più forte. Ma le loro grida continuano.

"Chiudete la vostra cazzo di bocca!" Grido

finalmente.

Chiudono la bocca e mi guardano.

"Owen, non lascerò che accada nulla a quel dipinto. Domani, Nicholas lo darà al suo contatto ed è quello che succederà. Non mi importa se non ti piace, ma questo non dipende da te."

Cerca di dire qualcosa in risposta, ma lo interrompo.

"Ora, dobbiamo parlare di ciò che accadrà dopo. Dove andiamo? Come spariamo?"

"Ho un contatto che sta lavorando sui nostri passaporti e patenti di guida. Li avremo domani insieme ai soldi. L'unica cosa che dobbiamo fare è decidere dove vogliamo andare."

Owen emette un lungo sospiro di sconfitta.

"Che cosa vuoi dire?" Chiede, finendo la birra e aprendone un'altra.

Non sono sicura se abbiamo evitato questo argomento di proposito o forse non volevamo sfidare la nostra fortuna nel caso in cui qualcosa fosse andato storto nella prima parte del piano, ma nessuno di noi ha effettivamente parlato di dove vorremmo andare per iniziare le nostre nuove vite.

Cade il silenzio per alcuni istanti.

Cerco di pensare al mio posto ideale, se una cosa del genere esiste.

Non ho mai viaggiato molto, ma mi è sempre piaciuta l'idea.

Stare con nuove persone, sperimentare nuove culture, mangiare nuovo cibo.

Ma quello che stiamo per intraprendere non è esattamente viaggiare.

È più come scegliere un nuovo posto per iniziare una nuova vita.

"Questa non è una situazione permanente," dice Nicholas, leggendomi nella mente. "Non è che dobbiamo trovare lavoro e vivere sotto copertura."

"Quindi, possiamo solo viaggiare per un po'?" Chiedo, la mia voce si alza in alto alla possibilità.

Owen si schiarisce la gola.

Oh sì, certamente.

Siamo in tre in questa cosa e dubito che lui vorrà fare un giro in Europa o in Australia.

O forse lo farebbe?

"Hai sempre detto che volevi vedere il mondo," sottolineo.

"Non è una buona idea," dice Owen categoricamente.

Mi mordo l'interno della guancia.

"Perché?" Chiedo.

"Se scompaio e non faccio rapporto al mio ufficiale di libertà vigilata, sono un fuggitivo. Se mi trovano, allora mi ridaranno gli anni rimanenti e dovrò servirli in prigione in aggiunta alle spese aggiuntive. Meno viaggio, o meglio, meno utilizzo un passaporto per i viaggi internazionali, meglio è. Forse sarebbe una buona idea viaggiare negli Stati Uniti, ma non ne sono sicuro."

Abbasso lo sguardo sulle mie mani e giro il mio anello a forma di infinito in argento intorno all'anulare destro.

Non sono sicura di cosa dirgli o del modo migliore per affrontarlo.

"Allora, cosa stai pensando?" Chiedo.

Lui scrolla le spalle.

"Stai pensando di restare qui?" Chiede Nicholas.

"Non puoi restare qui. E se provassero ad ucciderti di nuovo?"

Owen espira profondamente.

"Non lo so," sussurra sottovoce.

La celebrazione viene interrotta, non dalle loro continue discussioni, ma dal lento sorgere della realtà.

Cosa facciamo? Improvvisamente, i pensieri di volare a Parigi in prima classe e visitare Versailles e poi fare colazione in un patio con vista sulla Torre Eiffel svaniscono.

Voglio riportarli indietro.

Devo averli con me, ma queste fantasie vengono rapidamente rimpiazzate dalle preoccupazioni e dalle possibilità di ciò che potrebbe accadere se Owen venisse catturato.

"Mi sento come se non ci fosse via d'uscita," dice dopo un momento. "Se rimango qui, mi uccideranno. Se scappo, gli sbirri mi troveranno e mi riporteranno in prigione."

La sconfitta sul suo viso mi spezza il cuore.

Lo raggiungo e lo avvolgo con le braccia.

Lui abbassa la testa e la mette dolcemente sulla mia spalla.

"Non so nemmeno io cosa fare," gli sussurro all'orecchio.

27

OLIVE

QUANDO SIAMO SOLI...

Senza raggiungere una soluzione o una decisione, Owen ci lascia per andare nella sua stanza per la notte.

Gli do un breve abbraccio e prometto che non succederà nulla al dipinto.

Sono sicura che abbia ancora i suoi dubbi, ma per fortuna li tiene per sé.

"Finalmente!" Dice Nicholas, la sua voce che esplode per l'eccitazione.

Raggiungendo il minibar estrae una bottiglietta di tequila e una merendina.

Appoggiandosi al supporto della TV, sfoglia il

raccoglitore con il menu del servizio in camera. "Sto morendo di fame," aggiunge, "ma non volevo cenare con lui. Senza offesa."

Alzo le spalle.

Non mi offendo, ma trovo un po' scortese la sua affermazione.

"Lo odio," scoppio e me ne pento immediatamente.

"Cosa c'è che non va?"

"Odio questa... faida tra voi due. Vorrei che foste amici."

"Ci sto provando," sottolinea.

E lo vedo.

È soprattutto Owen che non ci sta provando molto, ma non posso fare a meno di vedere il suo punto di vista.

Nicholas ha dormito con la sua ragazza e poi lei è finita ammazzata.

Pensa che abbia qualcosa a che fare con questo.

È probabilmente un miracolo che ogni interazione

che hanno avuto non abbia portato a una vera e
propria lotta.

"Sì, lo so che lo fai," sono d'accordo, mettendo la mia
mano sulla sua.

"Vuoi che ci provi di più?" Chiede, avvicinandosi
di più.

Premo le mie labbra sulle sue, ma quando lui apre la
bocca, gli metto la testa sulla spalla.

Voglio baciarlo, ma prima voglio sentirmi meglio.

"Ho qualcosa che potrebbe tirarti su di morale," dice
all'improvviso Nicholas, alzandosi e allungando una
mano dietro il comò.

Un momento dopo tira fuori il Monet.

Lo guardo, incapace di credere ai miei occhi.

Guardo lui e poi di nuovo al dipinto, e poi di nuovo lui.

"Come? Aspetta, ma ero con te..." Le parole escono
come frammenti mentre provo a organizzare un
pensiero coerente.

"L'hai preso?" Chiedo finalmente.

Lui annuisce.

"Ma perché?"

"Perché? Vale moltissimo ed era lì."

"Sì, certo." Alzo le spalle.

"Olive, francamente, pensavo che saresti stata molto più eccitata al riguardo," dice, appoggiando il dipinto contro il muro.

Penso che dovrei esserlo, ma sono anche sorpresa.

Ho pensato che ne avremmo parlato prima.

E poi mi viene in mente qualcos'altro.

"Perché non l'hai mostrato a Owen quando era qui?" Chiedo.

Nicholas si allontana da me, apparentemente per fissare il modo in cui il dipinto è appoggiato al muro, ma non davvero.

"Nicholas?" Insisto.

"Perché, pensi?" Chiede, girandosi verso di me.

Incrocia le braccia sul petto e si ritira lontano.

"Non hai intenzione di dirlo a Owen?" Lo sfido.

"Non so che cosa ho intenzione di fare, ma non volevo dirglielo. Prima volevo parlartene."

Questa non è un'idea ridicola, ma mi fa ancora arrabbiare.

"Non credo che voi due andrete mai d'accordo," dico finalmente.

"Senza dubbio," concorda. "Ma non vedi? È lui a renderlo così difficile."

Lo vedo, ma non so cosa dovrei fare al riguardo.

È mio fratello. È la mia famiglia e ha bisogno del mio aiuto.

Ma, per aiutarlo, ho bisogno dell'aiuto di Nicholas.

"Dove vuoi andare?" Chiedo.

"Con o senza Owen?"

"Solo... se dipendesse da te? Dove andresti?"

Ci pensa un attimo. Aspetto. "Ovunque," dice infine. "In qualunque posto."

"Non è vero," dico piano. "Non andresti in... Ohio, per esempio."

Lui ride.

"Lo farei se tu volessi andare in Ohio, ma credo che tu abbia ragione, non sarebbe la mia prima scelta."

"Quale sarebbe la tua prima scelta?" Chiedo.

"Mi piacerebbe andare in Europa con te, visitare tutti quei luoghi meravigliosi. Ma a vivere? California, immagino. Possiamo visitare Los Angeles e San Francisco, ma mi piacerebbe stabilirmi in una piccola città circondata da montagne, cieli azzurri che vanno avanti per sempre e palme."

Guardandolo negli occhi, finalmente inizio a vedere il mio futuro.

Sì, naturalmente.

Questo è quello che volevo sentire.

Qui è dove posso finalmente vederci insieme come una famiglia.

Felici e contenti.

"Sembra carino," sussurro. "Sarebbe bello allontanarsi da tutto questo freddo e oscurità. E non direi di no nemmeno ad allontanarmi dalla vita di città."

"Bene." Annuisce. "Allora possiamo farlo."

Mi siedo sul divano e gli faccio segno di avvicinarsi.

Si siede così vicino che le nostre braccia si toccano, mandando brividi attraverso di me.

"Non intendevo nulla prendendo il Monet," dice piano. "Se vuoi dirlo a Owen, allora fallo. Volevo solo darti l'opzione."

Annuisco.

Capisco.

Ovviamente.

E gli credo.

"Non è quello che mi infastidisce," dico dopo un momento. "Odio stare nel mezzo. Ma non ho davvero scelta. Non so quale sia la cosa migliore da fare. Se rimane qui, probabilmente lo uccideranno. Se scappa, infrangerà la libertà vigilata e dovrà scontare altri anni in prigione."

Nicholas mi avvolge un braccio attorno alla spalla, avvicinandomi a lui.

Quando alzo lo sguardo, mette la sua bocca sulla mia.

Questa volta, non mi allontano.

Questa volta, mi giro verso di lui, affondando le mani tra i suoi capelli.

Mi fa sdraiare sul divano, drappeggiando il suo corpo sopra il mio. Le nostre bocche si intrecciano insieme alle nostre lingue e ci perdiamo nel flusso e riflusso dei nostri movimenti.

In qualche modo, i miei vestiti finiscono sul pavimento insieme ai suoi.

In qualche modo, ci troviamo sul letto.

I momenti sembrano sia istantanei che eterni.

Voglio essere qui con lui per sempre e anche un'eternità non è abbastanza.

Dopo, stanchi e spesi, ci addormentiamo, i nostri corpi nudi ancora premuti l'uno contro l'altro.

28

NICHOLAS

QUANDO LO INCONTRO...

Qesta volta, Art non vuole incontrarsi al nostro solito posto, opta invece per un centro commerciale locale.

Lo trovo su una panchina vicino ai finti alberi sempreverdi appena un po' più in là dall'area giochi per bambini.

Ascolto le voci rumorose dei bambini che echeggiano sopra la loro testa e guardo le loro madri stanche fissare i loro telefoni per una breve pausa da una giornata piena di cambi di pannolino, preparazione di snack e crolli emotivi.

Non c'è un vicolo stretto o un angolo buio in un bar. Potrebbe essere un luogo insolito per quello che stiamo per fare, ma è l'ordinarietà di questo posto che lo rende al di sopra di ogni sospetto.

Sono le due passate del pomeriggio e siamo solo due conoscenti che ci incontriamo in un centro commerciale.

Art si presenta vestito con un pullover e pantaloni, l'abbigliamento di un marito di periferia. Porta tre grandi sacchetti di carta con il marchio del negozio sul davanti.

Con in mano un hot dog, si siede accanto a me e lo addenta.

"Ce l'hai?" Chiede, masticando con la bocca aperta.

Faccio un cenno alla mia sovradimensionata borsa di Macy, dove il tubo fuoriesce come una baguette francese.

Aspetto che lo guardi, ma non lo fa.

Continua semplicemente a fissare un bambino che fatica tra i giochi.

"E adesso?" Chiedo dopo qualche minuto.

"Ora, abbiamo finito," dice lentamente.

Non mi aspetto un pagamento.

Il mio pagamento è che lui perda il mio fascicolo e io non debba più nulla all'FBI.

Sono certo che pagherà questo debito, perché l'ultima cosa che vuole è che io esca allo scoperto e parli ai suoi datori di lavoro di questo piccolo scambio.

"Quindi, siamo a posto?" Chiedo per sicurezza.

Emetto un sospiro di sollievo, anche se so che è prematuro.

"Che cosa hai intenzione di fare?" Chiedo.

Non mi piace ancora e nemmeno io, ma questo lavoro ci ha in qualche modo avvicinato l'uno all'altro.

"Ho intenzione di ripagare il mio debito e spero di lasciarmi tutto alle spalle," dice.

Apprezzo questo momento di onestà.

"Devi scomparire per un po', se non per un lungo periodo. Nuovo passaporto, nuova identità, lavoro," afferma Art. "Ti cercheranno per un po', ma hanno altre fonti nell'organizzazione, quindi non dovrebbero farlo troppo a lungo."

Mi strofino il dito medio sulla parte posteriore dell'indice e fisso i fili lungo la cucitura dei miei jeans.

"Starete ancora con il fiato sul collo a Owen?" Chiedo.

"Sì," dice Art senza perdere un colpo. "Sarebbe nel suo miglior interesse andarsene."

Sottolineo che è in libertà vigilata, ma questo non fa reagire nemmeno un po' Art.

"Nuovi documenti e una nuova sede dovrebbero fare molto per aiutarlo a iniziare una nuova vita. Da quello che ho sentito, dall'altra mia fonte, è che non gli rimane molto tempo."

Voglio fargli un centinaio di domande in più, ma lui semplicemente estrae il tubo dalla mia borsa, lo mette nella sua e se ne va.

Continuo a sedermi su quella panchina, meravigliandomi della fiducia intrinseca nel nostro scambio.

Quel tubo che gli ho consegnato può contenere un falso o perfino niente.

Ma se così fosse, nessuno di noi otterrebbe ciò che vogliamo.

Quando scompare tra la folla, mi chiedo se lo rivedrò mai e so che se succederà non sarà una buona cosa.

Sto seduto a lungo su quella panchina, cercando di capire la mia prossima mossa.

Sono già sparito prima, ma non sono mai sparito con un'altra persona, figuriamoci con due, uno dei quali mi odia fino nelle viscere.

Una scomparsa orchestrata è una vacanza permanente.

Vai da qualche altra parte, diventi qualcun altro e poi devi convivere con quell'identità per molto tempo.

L'ultima volta che me ne sono andato, non è stato uno sforzo assurdo. Sono andato alle Hawaii dove nessuno mi conosceva e potevo fare nuove amicizie e iniziare una nuova vita, ma non l'ho davvero fatto. Ho mantenuto il mio nome e le persone che volevano contattarmi potevano ancora farlo.

Questa volta, tuttavia, le cose sono diverse. Scappare per sempre significa mettere da parte l'uomo che tutti sanno che sia.

Il fatto è che è più facile mentire quando sei l'unico a dirlo. Quando menti, tendi a memorizzare certe cose e poi raccontarle nello stesso identico modo ogni volta.

Ma quando dici la verità, le tue parole variano a seconda delle circostanze. Non è che elabori o aggiungi dettagli non veritieri, è solo che il ritmo della storia cambia ogni volta.

Il fatto che io debba scomparire con altre due persone, una delle quali è quasi un mio nemico, rende l'intera situazione ancora più complicata.

Puoi promettere di restare fedele a una storia, ma fino a che punto Olive e Owen le aderiranno davvero?

E fino a che punto si allontaneranno da essa?

Non conosco le risposte a queste domande più di quanto conosca se alla fine finiremo o meno in California.

Ora, siamo in tre in questo e non sono sicuro di

quanto Owen condivida il nostro interesse per cieli senza nuvole, acqua blu, montagne frastagliate e imponenti palme.

Perso nei miei pensieri, non li vedo avvicinarsi a me fino a quando non è troppo tardi.

29

OLIVE

QUANDO LO INCONTRIAMO...

Non voglio seguirlo.

Voglio fidarmi di lui, e lo faccio.

Ma Owen dice che lo farà, che venga con lui o no.

Non ho scelta.

Protesto, ma con la piena certezza che non abbiamo nulla di cui preoccuparci.

Nicholas avrebbe potuto mentirmi su certe cose, ma le sue azioni lo hanno dimostrato un partner affidabile.

Non farebbe mai nulla per farmi del male.

Ecco perché stare qui e guardare il loro incontro mi fa venire le lacrime agli occhi.

È Art Hedison, un agente dell'FBI, che mi ha indagato su di me in passato.

Non ha trovato alcuna prova, ma ciò non gli ha impedito di interrogarmi.

Quando Owen mi chiede perché stia piangendo, non riesco a mentire.

Sono troppo scioccata da quello che vedo.

Come ha potuto, Nicholas, farmi questo? Come ha potuto tradirmi in questo modo?

Le mie orecchie fischiano e la cacofonia di suoni del centro commerciale si fonde in una cosa sola.

Owen mi strattona la maglietta un paio di volte prima che finalmente capisca qualcosa.

"Chi è quello?" Chiede ancora e ancora. "Devi dirmi tutto."

"Il suo nome è Art Hedison," dico lentamente, il mio sguardo si concentra sui due estranei lì sotto.

Conosco entrambi i loro nomi e pensavo di essere innamorata di uno di loro.

"È un agente dell'FBI," dico. "Ha indagato sugli altri dipinti che ho rubato."

"Quali altri dipinti?" Chiede Owen.

Lo guardo.

I suoi occhi sono spalancati per la confusione e il suo viso è arrossato.

Non sa nulla della mia vecchia vita perché pensavo che sarebbe stato meglio così.

Ma ora non importa.

"Ecco perché Nicholas voleva lavorare con me," dichiaro. "Sapevo come entrare nella cassaforte e rubare quadri e questo è quello che abbiamo fatto."

"Allora, lo sapevi?" Chiede Owen, le sopracciglia che si alzano quasi fino alla sommità della fronte.

"*Non* ne avevo idea," dico piano.

Le mie parole sono lente e distaccate.

Sono qui, ma non lo sono.

Il mondo si sta muovendo al rallentatore e tutto sta succedendo a qualcun altro.

"Che cosa sta facendo?" Chiede Owen.

A questa domanda non ho una risposta.

"Dobbiamo andare. Se l'FBI lo sa, allora..." Le sue parole si attenuano.

Abbasso di nuovo lo sguardo sulla panchina.

Art e Nicholas parlano senza guardarsi.

Dal nostro punto di vista, dall'alto, possiamo vedere praticamente fino a Macy da un lato e Nordstrom dall'altro.

Non ci sono altri agenti vicino a loro.

Mi guardo intorno e ai volti e alle persone che si radunano attorno a lui e noi.

La maggior parte sono acquirenti che entrano ed escono dai negozi. Mi concentro su quelli che sono fermi.

Sono quelli che sono probabilmente sotto copertura.

Ci sono mamme vicino al parco giochi. Alcuni

chiacchierano con le loro amiche, altre hanno la testa dietro ai loro telefoni.

Ci sono due gruppi di adolescenti che commentano a vicenda gli acquisti reciproci.

E poi ci sono i venditori di chioschi solitari, che aspettano pazientemente che qualcuno passi e presti loro attenzione.

Ognuna di queste persone può essere un agente dell'FBI sotto copertura.

Osservo più da vicino per cogliere dei segni.

Stanno parlando ai loro polsi? Si stanno guardando un po' troppo?

No, sorprendentemente, non lo fanno.

Owen continua a provare a dirmi di più e poi inizia a tirarmi la maglietta per farmi andare via.

Lo sposto via entrambe le volte e concentro la mia attenzione su Nicholas.

Dopo qualche altra parola, Art sposta il dipinto arrotolato dalla borsa di Nicholas alla sua e se ne va.

Trattengo il respiro.

Qui è quando qualcuno potrebbe arrestare Nicholas.

O me. O Owen.

Un attimo dopo, mi rendo conto di aver chiuso gli occhi.

Li apro e aspetto.

Nicholas continua a stare seduto sulla panchina.

Sta aspettando qualcosa? Qualcuno?

Passa più tempo.

Owen prova a trascinarmi via di nuovo.

"Dobbiamo andare," mi sussurra continuamente nell'orecchio.

Ma aspetto.

Se qualcuno ci volesse arrestare, lo avrebbero già fatto.

Il dipinto è stato scambiato. Qualsiasi accordo fatto da Nicholas con Art è completo.

Ma non succede nulla.

Nicholas sta seduto sulla panchina per quasi venti

minuti prima che finalmente si alzi e torni alla sua auto.

"Che diavolo sta succedendo?" Chiedo a Owen, ma è sconcertato quanto me.

"Seguiamolo," dice Owen quando arriviamo alla mia macchina.

Ma ho un'idea migliore.

Accendo il motore e vado dritta nella nostra camera d'albergo.

Owen discute con me fino a lì.

Quando Nicholas se n'è andato, questa mattina, ha lasciato lì le sue cose, incluso il Monet.

***

OWEN È ARRABBIATO con me per aver lasciato andare Nicholas, ma non lo sto a sentire. Non appena arriviamo nella mia camera d'albergo, voglio entrare direttamente, ma sfortunatamente le donne delle pulizie sono proprio nel mezzo della loro pulizia giornaliera.

Dico loro che ho mal di testa e chiedo se gli dispiace andarsene.

Quando escono, chiedo a Owen di chiudere la porta e chiuderla a chiave. Camminando verso il comò sotto la televisione montata, sento il cuore battere forte nel petto.

Allungo la mano dietro e tiro fuori il dipinto.

"Che cos'è?" Chiede Owen, proprio mentre la porta inizia ad aprirsi.

"È l'altro dipinto che abbiamo preso da quella casa," gli dico. "È uno schizzo che Monet ha realizzato per uno dei suoi gigli. Almeno credo."

La porta scricchiola quando si apre. Nicholas entra.

"Immagino che tu glielo abbia detto," dice piano.

30

OLIVE

QUANDO VIENE DA ME...

L'ARROGANTE l'espressione sul suo viso mi fa venire voglia di dargli un pugno.

Chi diavolo pensa di essere per venire qui e comportarsi come se fossi io quella che sta facendo qualcosa di sbagliato?

"A chi hai dato quel dipinto?"

Il suo sorriso svanisce e socchiude gli occhi.

"Owen, ci dai un minuto?" Chiede, tenendo la porta aperta con la mano.

Owen non si muove dal divano e aspetta.

"No, può restare," rispondo per lui.

"Owen, per favore."

"Voglio che rimanga," insisto.

Quando guardo oltre, vedo che Owen non ha intenzione di lasciarmi da sola.

"Va bene, va bene," dice Nicholas dopo un momento.

Le sue parole sono attente e metodiche.

Si avvicina ancora di qualche passo a me, ma si ferma a circa un metro di distanza.

"Che cosa stavi facendo con *lui*?" Scoppio.

La mia voce si incrina nel mezzo ed emette un forte cigolio, sorprendendo tutti nella stanza, inclusa me.

"Quello era il mio contatto," risponde.

Scuoto la testa e guardo il pavimento.

"Quanti soldi hai ricevuto?" Chiede Owen.

"Lo saprò più tardi," dice Nicholas dopo un momento.

"Quando?"

"Presto." Annuisce energicamente.

C'è una serietà in lui che potrebbe costringere qualcuno a credere a quello che sta dicendo.

Sono fortunata, però. So la verità.

"Quindi, quanto sarà?" Gioco con lui.

Voglio un numero

Voglio che mi menta.

A questo punto, lo sto praticamente implorando.

"Preferirei dirtelo, Olive."

"Ero lì per il lavoro, Nicholas. Qual è il grosso problema?" Chiede Owen.

Si siede sul divano e incrocia le gambe, tenendo la caviglia sul ginocchio.

Lui non risponde.

C'è tensione nell'aria e so che può percepirla.

Deve sapere che qualcosa non va.

"Posso parlarti?" Sussurra sottovoce. "Per favore?"

Emetto un sospiro e annuisco a Owen.

Non vuole andarsene, ma insisto.

Ho bisogno di una spiegazione e so che non ne avrò una con mio fratello qui.

"Sarò proprio qui fuori," dice Owen.

"Vai nella tua stanza", dico come una madre che rimprovera il figlio.

"Sarò nel corridoio," dice, chiudendo la porta alle sue spalle.

"Perché gli hai mostrato il Monet?" Nicholas si precipita verso di me, prendendomi tra le sue braccia. "Quello doveva essere il nostro... segreto. Il nostro piano B."

"Il nostro piano B in caso di cosa?" Lo sfido.

I miei occhi si restringono e incrocio le mani davanti al petto.

"Nel caso in cui le cose non funzionassero con lui," sussurra.

"Oh, davvero? E qual è il mio piano B nel caso in cui le cose non funzionassero con te?"

Mi guarda.

Uno sguardo vuoto segue un altro.

"Sono una tale idiota," dico, sfregandomi le tempie. "Sono una tale idiota!"

"Di cosa stai parlando?"

"Art Hedison." Dico lentamente il nome, enunciando ogni sillaba.

Il sangue defluisce dalla sua faccia.

"Sì, sai di chi sto parlando." Dico indicandolo. "È lui che hai incontrato, oggi. Ecco chi ha il nostro dipinto."

"Olive, non capisci," Nicholas inizia a mormorare.

"Perché stai parlando con l'FBI?"

"Non lo sto facendo."

Rido, gettando indietro la testa con un forte sbuffo.

"Non lo sto facendo," dice. "Voglio dire, sì, ma non lo sto facendo. Non è quello che sembra."

"Davvero? Perché mi sono fatta una buona idea guardando il tuo piccolo scambio, oggi."

"Mi aveva in pugno, Olive. Avevano un caso su di me e io dovevo essere il suo informatore per impedire loro di sporgere denuncia."

Lo ascolto e poi annuisco perché continui.

Fa un respiro profondo.

"E poi Art ha avuto qualche problema. Debiti di gioco enormi. E mi ha chiesto di rubare quel dipinto. In cambio, avrebbe perso il mio file. Non sarei più stato un informatore. Sarei stato libero."

Scuoto la testa.

"Mi hai mentito," sussurro.

"No, non l'ho fatto," dice, prendendomi tra le sue braccia.

Lo spingo via, ma non mi lascia andare.

Potrei forzarlo via, ma per qualche ragione non lo faccio.

Lo odio, ma lo amo.

Anche adesso.

Anche dopo tutto quello che ha fatto.

"Su chi li stavi informando?" Chiedo, guardandolo nei suoi occhi pieni di lacrime.

Lui distoglie lo sguardo.

Aspetto.

Lui non risponde.

"Su chi li stavi informando, Nicholas?" Chiedo di nuovo.

Il mio cuore inizia a battere forte.

All'inizio, era solo una domanda che pensavo potesse avere una risposta generica.

Ma ora, guardandolo, so che le cose sono molto più complicate di quanto avessi mai pensato.

"Owen," dice Nicholas piano. "Volevano che facessi amicizia con lui. Che lo seguissi. Hanno un caso su di lui."

Scuoto la testa.

Quando mi tocca la schiena, lo spingo via.

"No, no, no," piagnucolo.

Nicholas inizia a spiegare ma non riesco a distinguere le sue parole attraverso il sangue che scorre veloce tra le mie tempie.

Tutto quello che so è che voglio che se ne vada.

Non voglio che mi tocchi.

Non voglio vederlo mai più.

"Devi andare," mi costringo a dire.

"Olive, per favore," supplica Nicholas. "Lasciami spiegare."

Si lancia in un'altra spiegazione e non la sento nemmeno.

Invece, apro il cassetto del comò e afferro tutti i suoi vestiti ben piegati e li lancio nella sua valigia.

Cerca di fermarmi, ma riesco a fare la stessa cosa con il secondo cassetto.

Questo è quando lo vedo.

Qualcosa di luminoso fa capolino tra gli abiti e attira la mia attenzione. Quando lo cerco, trovo un braccialetto di diamanti, un anello di diamanti e un orologio tempestato di diamanti con la scritta Rolex sulla piastra frontale.

"Cos'è questo?" Chiedo.

"Questo è..." inizia a dire.

"L'hai preso da quella casa, vero?"

Nicholas annuisce.

"E non me lo avresti detto? Non *ce* lo avresti detto?"

"Te lo avrei detto," dice.

"Quando?"

"Pensavi che saremmo stati pagati per quel dipinto," spiega Nicholas. "Avevo bisogno di prendere qualcosa e venderlo. Il Monet era la nostra scorta segreta. Questi gioielli sarebbero stati i soldi che avremmo diviso con Owen."

"Tu." Indico il dito sul suo viso, cercando di pensare alla cosa giusta da dire. "Sei un tale *bugiardo*!"

Discutiamo fino a tarda notte, ma ciò non fa che peggiorare il mio risentimento e rabbia.

Più cerca di spiegare, meno voglio ascoltare.

Più mi chiudo, più lui cerca di sistemare le cose.

Continuiamo in tondo fino a quando non siamo sia storditi che esausti, la nostra relazione si spezza e si frantuma in più pezzi ad ogni parola.

Alla fine, quando sono troppo stanca per continuare, gli chiedo di andarsene.

"Mi dispiace, Olive. Mi dispiace per tutto."

"Dispiace anche a me."

Chiude la valigia con tutti i suoi vestiti e poi si gira verso di me. "Prenderò i gioielli e l'orologio, ma voglio che tu tenga il Monet. Mi dispiace di non averti detto la verità, ma non ci sono riuscito. Non era sicuro e non volevo metterti in pericolo."

"Non comportarti come se mi stessi facendo qualche favore," scatto.

"È tutto vero. Per favore, credimi," riprova.

Mi mette le mani attorno alle spalle.

Lo scrollo di dosso. "Ho qualcosa per te. Lo stavo tenendo per dartelo al momento giusto, ma ora non sono sicuro che ne avremo più uno."

"Non voglio niente da te," scatto.

"Lo vuoi," insiste Nicholas ed estrae una cartella dalla sua valigia. La appoggia sul letto e se ne va.

31

OLIVE

DOPO...

N<small>ON APPENA SE NE VA</small>, crollo. I miei piedi, come se fossero congelati sul posto, si rifiutano di cooperare e semplicemente mi abbasso a terra.

Stringo le braccia attorno alle spalle e singhiozzo, senza trattenere nulla.

Da qualche parte in lontananza, sento i forti colpi di Owen e le richieste di farlo entrare.

"Vattene," riesco a pronunciare tra le lacrime.

Piango fino a quando i miei occhi si prosciugano.

Quando entro nel bagno, noto che la mia maglia è bagnata sui polsi a forza di asciugare le guance. Il mascara è colato intorno ai miei occhi.

Mi schizzo un po' d'acqua sul viso, poi la raccolgo nei palmi delle mani e vi affondo la faccia.

È fredda e rinfrescante, allevia la mia pelle da un po' di calore.

Volendo poter immergere tutto il mio corpo in essa, apro il rubinetto nella vasca da bagno.

Il flusso dell'acqua mi fa sussultare per un secondo. Sento la temperatura e poi giro la manopola per renderla un po' più calda.

Quando la vasca si riempie quasi fino in cima, mi tolgo i vestiti ed entro.

Arrivano altre lacrime.

Invece di asciugarle, inclino la testa all'indietro e mi spingo sotto.

L'acqua si avvolge attorno a me. Voglio restare qui per sempre.

Quando rimango senza fiato, porto la mia testa in superficie, solo il naso e la bocca.

Inspiro profondamente e scompaio di nuovo sotto.

Lo faccio ancora e ancora fino a quando finalmente inizio a sentirmi meglio.

Il dolore al petto si attenua un po' e non ho più la sensazione che il mio cuore venga schiacciato da una forza enorme.

Qualche tempo dopo, ho abbastanza forza per uscire dalla vasca.

Mi asciugo con un asciugamano, avvolgo i capelli in un altro e indosso l'accappatoio appeso sul retro della porta.

È morbido e soffice e fa del suo meglio per farmi pensare che forse la mia vita non è un disastro totale, anche solo per un momento.

Quando i miei pensieri tornano a Nicholas e al suo tradimento, le lacrime ricominciano a riapparire, ma le fermo sul nascere.

No, non ci penserò.

Mi serve del tempo. Nel frattempo, devo distrarmi con qualcos'altro. Prendo il telefono e cerco di concentrarmi su un romanzo che sto leggendo, ma le parole non hanno alcun senso e ho difficoltà a seguire la storia.

Leggo la stessa pagina tre volte prima di arrendermi.

Ho bisogno di qualcosa di più forte, qualcosa di più distraente.

Accendo la televisione, cambio canale fino ad arrivare a HGTV. Una coppia sta comprando una casa in Costa Rica.

Sembrano esistere in un mondo completamente diverso, se non in un'altra dimensione.

La spengo quando iniziano a discutere delle dimensioni degli armadi e del tipo di piscina che desiderano.

A volte, è bello perdersi nei banali problemi di qualcun altro, ma a volte ciò rende tutto ancora più una merda.

Mi sdraio sul letto e sento la ruvidezza del copriletto sotto la punta delle dita.

La trama è spessa e lussuosa e lascio che le mie dita seguano un nodo verso un altro. Quando tocco la cartella, le dita indietreggiano ma poi la raggiungono immediatamente.

Sono arrabbiata con lui.

L'esatta intensità è difficile da descrivere.

Sembra che ogni cellula del mio corpo stia per esplodere. Mi fidavo di lui e mi ha tradita.

Forse sono stata una sciocca a pensare che non mi avrebbe mentito.

Forse tutta questa faccenda è stata una truffa sin dall'inizio.

Forse nulla di ciò che mi ha mai detto era vero.

I ricordi di tutto ciò che abbiamo passato attraversano la mia mente in tondo.

Niente è in ordine, e ogni memoria si accende in un lampo e poi svanisce altrettanto velocemente.

Tutto ciò che è accaduto è una bugia o è stata per lo più la verità, con solo una manciata di falso?

O era un altro modo per aggirare il tutto?

Soprattutto una bugia con pochi chicchi di verità?

Pensavo di sapere che mi amasse.

Una parte di me pensava che non me lo avesse detto per lo stesso motivo per cui non potevo dirglielo io.

Ma ora, mi chiedo se non si sia preoccupato di dirlo perché sarebbe stata l'ennesima bugia.

Tocco di nuovo la cartella.

È morbida e liscia, esattamente l'opposto del frastuono che è la mia vita.

Nicholas ha detto che stava aspettando il momento giusto per darmela.

Non ho idea di cosa ci sia dentro e sono tentata di buttarla nella spazzatura.

Non voglio niente da lui, non più.

Non dopo quello che mi ha fatto.

Tuttavia, non riesco a gettarla via.

Qualunque cosa sia, deve essere in qualche modo importante o non si sarebbe preoccupato di darmela.

Oserò aprirla?

La cartella è a manila, con bordi consumati e segni di usura.

Seduta sul bordo del letto e battendo il piede sul pavimento, apro lentamente la prima pagina.

In cima, trovo una nota scritta a mano indirizzata a Nicholas.

QUESTO È *tutto quello che sono riuscito a trovare riguardo alla madre biologica di Olive Kernes.*

IL MIO CUORE mi salta in gola e le mie mani iniziano a tremare.

La pagina successiva contiene i risultati del DNA, dimostrando che esiste una probabilità del 99,9% che una donna di nome Josephine Rose Reyes sia lei.

Le mie mani iniziano a tremare così forte che temo che lascerò cadere la cartella sul pavimento.

La poso con cura sul letto e aspetto che la mia frequenza cardiaca rallenti prima di guardare il resto dei documenti.

"Quando l'hai fatto?" Chiedo a Nicholas come se fosse nella stanza.

Una parte di me vorrebbe che fosse qui, in modo da poter tenermi tra le sue braccia mentre lo guardo.

"E perché non me l'hai detto prima? Perché... perché hai dovuto mentire?" Piagnucolo e raggiungo la pagina successiva.

LASCIANDO CASA

Febbraio 1994

CAPITOLO TRENTADUE

JOSEPHINE, che diceva sempre a tutti di chiamarla
Joey, aprì l'atlante stradale che aveva comprato in
una stazione di servizio e cercò di capire come
leggerlo.

Aveva appena preso la patente, ma non aveva mai
aperto una mappa prima.

Come doveva sapere dove fosse per capire quale
strada prendere per andare dove era diretta?

Non aveva un'idea precisa di dove avesse intenzione
di andare, tranne per il fatto che aveva bisogno di
allontanarsi dalla casa dei suoi genitori il prima
possibile.

Era stata in moltissimi luoghi, case sulla spiaggia dell'oceano, piste da sci, dimore sconnesse in mezzo al nulla e attici tentacolari che si affacciavano sulle principali città.

Ma erano sempre stati i suoi genitori o l'autista a portarla lì. Questa volta, stava andando da sola e nessuno poteva sapere dove fosse diretta.

Joey acquistò la sua Datsun usata nel 1985 con i suoi soldi sotto un nome falso.

Il tizio che aveva messo l'annuncio sul Pennysaver era padre di quattro figli, ed era riluttante a venderla a una ragazza di diciassette anni con l'aspetto di un cervo abbagliato dai fari.

Ma quando lei gli offrì duecento dollari in più oltre il prezzo richiesto e lui pensò ai suoi figli che vivevano attualmente in un appartamento senza riscaldamento, non poté resistere.

L'acquisto di questa macchina aveva esaurito la maggior parte dei suoi risparmi, lasciandola con circa duemila dollari in contanti.

Aveva una carta di credito che poteva usare, ovviamente, ma i suoi genitori l'avrebbero immediatamente rintracciata, quindi se voleva rimanere nascosta era vietato. Duemila avrebbero dovuto essere sufficienti per iniziare una nuova vita, per lei e il suo bambino. Ma di come sarebbe potuto succedere, non ne era ancora sicura.

Josephine Rose era la figlia più giovane del signor e della signora Reyes. In superficie, era cresciuta con tutto ciò che una bambina avrebbe potuto desiderare. Un grande appartamento in Park Avenue con la sua stanza, un bagno privato e una madre devota che cedeva al suo interesse per le bambole e per i vestiti. Nella loro casa negli Hamptons, aveva anche una sala giochi separata e una casa sull'albero dove poteva liberare la sua immaginazione.

Il signor e la signora Reyes avevano assunto uno chef, una governante e una tata che hanno aiutato la signora Reyes a gestire la tenuta piuttosto estesa, nonché a gestire tutte le loro cene ed eventi.

Josephine aveva frequentato le migliori scuole private, dove era diventata amica dei bambini di altri eminenti cittadini di New York. Sebbene la sua vita non fosse del tutto pianificata, c'erano alcune cose che ci si aspettava da lei.

Doveva frequentare un'università esclusiva, ottenere un lavoro o uno stage nella professione prescelta dopo la laurea, e alla fine incontrare e sposare un uomo di una famiglia altrettanto benestante.

Ciò che i suoi genitori non si aspettavano, o addirittura consideravano una possibilità, era che nella notte del suo ballo da debuttante, la loro figlia avrebbe detto loro che era incinta e che voleva tenere il bambino.

Nascondendo la sua grande pancia in una felpa oversize, Joey si arrampicò al volante.

Iniziò il suo viaggio nel pomeriggio di proposito, perché le mattine non la facevano mai sentire al massimo. La Datsun era parcheggiata in un parcheggio pubblico non troppo lontano dall'appartamento dei suoi genitori e sedersi al volante per la prima volta, ieri, l'ha riempita di un senso di libertà che non provava da quando era una bambina.

Ci era voluta un'eternità per uscire da New York City con tutto quel traffico ed era arrivata solo in Pennsylvania. Ma andava bene. Aveva ancora bisogno di capire dove stesse andando.

A nord era fuori discussione, perché odiava il freddo.

A sud sarebbe stato più semplice, perché la Florida era relativamente economica e calda in questo periodo dell'anno.

Era stata lì diverse volte nel loro appartamento a Miami, ma non aveva interesse ad andare in nessuna città in cui suo padre avesse legami. Tuttavia, la Florida era un grande stato, pieno di piccole città in cui poteva far perdere le sue tracce. Era sicuramente una possibilità.

Ma così era anche qualcos'altro. California.

Era stupido e ridicolo guidare da sola in tutto il paese, ma il suo cuore continuava a chiamarla verso ovest.

Come diceva quel detto?

Ovest è il meglio. Vieni qui e noi faremo il resto.

Stava già facendo qualcosa di ridicolo e stupido, quindi perché non portarlo fino all'Oceano Pacifico?

Per tutti i loro viaggi in Europa, Asia e Messico, il signore e la signora Reyes non avevano mai portato i loro figli in California. Ed era proprio per questo che il loro bambino più piccolo aveva scelto questa come destinazione in quel triste e freddo pomeriggio della Pennsylvania.

Con il serbatoio pieno di benzina e il sedile del passeggero colmo dei suoi snack preferiti, Joey accese il motore e si diresse a ovest sulla tangenziale in direzione est.

Aprì un pacchetto di M&Ms alle arachidi e alzò il volume della radio.

C'erano i Nirvana e lei cantò a pieni polmoni guardando i video che aveva visto milioni di volte nella sua mente.

Era buio da ore quando era entrata in un motel vicino alla periferia di Pittsburgh e aveva pagato in contanti per la stanza.

La donna al bancone sospettava che avesse meno di diciotto anni, ma dando un'occhiata al suo ventre e alle sue borse, decise di non rischiare di spaventarla chiedendo la carta d'identità. Era stata una bambina come lei solo pochi decenni prima. Incinta, spaventata, tutta sola, fuggendo dal fidanzato violento di sua madre.

Una volta dentro, Joey appoggiò i piedi su uno dei letti matrimoniali e si addormentò profondamente.

Non si mosse fino alle quattro di quella mattina, quando la nausea che le saliva dalla bocca dello stomaco la fece svegliare.

Non riuscendo a raggiungere il bagno, Joey vomitò un po' della bile sulle mani aperte.

CAPITOLO TRENTATRÉ

JOEY TRASCORSE gran parte della mattinata, fino al checkout, a letto, cercando di evocare le forze per salire in macchina.

La cosa più difficile non era guidare, ma costringersi a rimettersi in piedi, impacchettare le poche cose che aveva estratto dalla borsa, mangiare qualcosa e infine trascinare tutto, inclusa sé stessa, nel parcheggio.

Oltre a vomitare ogni mattina e provare nausea per gran parte della giornata, specialmente se rimaneva in piedi troppo a lungo, questo bambino che cresceva dentro di lei la faceva sentire molto letargica.

Anche le cose più basilari come lavarsi i denti o i capelli richiedevano una notevole quantità di persuasione e determinazione mentre giaceva a letto a fissare i suoi tascabili.

Joey aveva sempre adorato leggere.

Sin da quando era una bambina e la tata le leggeva i suoi primi libri, era rimasta affascinata dalle parole.

Questi mondi erano molto simili a quello in cui viveva e tuttavia erano anche talmente diversi.

Uno dei suoi preferiti si chiamava *True Confessions of Charlotte Doyle*. Era su una ragazza di tredici anni di una famiglia benestante negli anni '30 del 1800 che viaggia dall'Inghilterra all'America per incontrare la sua famiglia. Dovevano esserci altre persone con lei, ma alla fine è rimasta l'unica donna su una nave da lavoro gestita da un crudele capitano.

Ciò che a Joey piaceva così tanto di questo libro era che a differenza di altri libri sulle donne nel diciannovesimo secolo, Charlotte era una ragazza molto moderna.

Ha iniziato con timore e timidezza ma durante il suo viaggio si è evoluta e ha iniziato a provare simpatia per l'equipaggio e per il terribile capitano. E la fine? Questa era la sua parte preferita della storia!

Charlotte ha respinto la sua educazione soffocante e la sua famiglia limitata per vivere una vita di avventura in alto mare.

Joey Rose si considerava una Charlotte Doyle contemporanea. Poteva non essere stata su una nave, ma stava combattendo contro la sua educazione.

Stava iniziando una nuova vita alle sue condizioni. Avrebbe fatto i suoi soldi.

Avrebbe preso le sue decisioni. Avrebbe allevato suo figlio secondo le sue regole, non quelle stabilite dai suoi genitori.

Joey rilesse le sue parti preferite del libro e poi frugò nella pila di alcuni altri che aveva portato con sé durante il viaggio.

I suoi libri costituivano la maggior parte dei suoi bagagli e lei non avrebbe voluto nient'altro.

Mancavano quindici minuti al checkout e non poteva più aspettare.

Joey si alzò lentamente dal letto e andò in bagno. Si spazzolò i capelli e si truccò un po' per dare un po' di colore al viso.

Si era lavata i capelli la sera prima e si era addormentata che erano ancora bagnati. I capelli vicino all'attaccatura sporgevano in diverse direzioni e nessuna spazzolata li poteva mettere in posizione.

Li spinse giù con dell'acqua e poi li legò in una crocchia.

Questo sarebbe bastato, decise.

Dopo aver messo invaligia il trucco e i libri e aver indossato un paio di jeans oversize e la stessa maglietta a maniche lunghe che aveva indossato negli ultimi giorni, prese la sua borsa, chiuse la cerniera della felpa e salì in macchina.

Le ore sulla strada trascorsero rapidamente. Non aveva la patente da molto tempo, ma non c'era niente come un viaggio da una parte all'altra del continente per fare esperienza al volante.

Quando uscì dal Missouri e si diresse verso l'Oklahoma, non era più nervosa nell'estrarre un nastro dal registratore, inserirlo nella cartella di plastica e inserirne un altro.

Stava divorando un nuovo libro su nastro che aveva ottenuto dalla Biblioteca pubblica di New York -

parlava di una donna della Gran Bretagna degli anni
'40 che si ritrovò nella Scozia del 1700.

Si chiamava *Outlander* e Joey trovava la lingua e la
storia d'amore tra Jamie e Claire assolutamente
deliziose.

In realtà, il libro significava anche di più. Le dava
speranza per la propria vita, nel modo in cui solo i
libri potevano.

Anche lei stava viaggiando verso l'ignoto.

Anche lei si era ritrovata in un mondo che le era
molto estraneo.

Ma se Claire era riuscita a cavarsela, lo avrebbe fatto
anche lei, giusto?

Nella parte nord-orientale dell'Oklahoma, Joey
emise un sospiro di sollievo. Il cielo era ampio e blu e
la terra era immensa.

Se non fosse stato per alcuni altri passeggeri che
viaggiavano sull'interstatale insieme a lei, sarebbe
stata completamente sola.

E sebbene la natura fosse chiaramente domata

dall'uomo e dai suoi trattori e strumenti, poteva sentire che la vera libertà non era così lontana.

Il mondo naturale la stava chiamando e più si avvicinava a ovest, più si sentiva libera.

Joey non era sicura che fosse la mancanza di alti edifici, la mancanza di milioni di persone stipate in un'isola di cinque miglia, o solo le migliaia di miglia che la separavano dai suoi genitori ciò che la faceva sentire invincibile.

O forse era solo una combinazione di tutte queste cose.

In ogni caso, dopo tutto questo viaggio, stava finalmente iniziando a sentirsi come se potesse cavarsela. Non sapeva che c'era già un gruppo di ricerca a cercarla.

Joey pensava che durante il viaggio dei suoi genitori a Parigi sarebbe stato il momento perfetto per scomparire.

Poteva chiamarli lì dalla strada e fingere di essere ancora a casa, concedendosi tre giorni di vantaggio.

Quello che non sapeva, e che non poteva avere modo di sapere, era che sua madre tornò a casa un giorno prima dalla spa e scoprì suo padre a letto con la sua fidanzata di lunga data, una studentessa alla Sorbonne.

La signora Reyes interruppe il viaggio, tornò a casa in anticipo e scoprì che sua figlia non c'era più.

La governante cedette sotto interrogatorio dell'investigatore privato.

Joey sospettava che lo avrebbe fatto, ma non poteva *non* dirle dove stesse andando, perché altrimenti avrebbe avvisato i suoi genitori ancora prima. Fortunatamente, disse solo il minimo indispensabile e si inventò alcune bugie sull'andare in Canada per darle del vantaggio.

CAPITOLO TRENTAQUATTRO

Il signor e la signora Reyes erano stati infelicemente sposati per troppi anni, ma la cosa che li aveva tenuti insieme erano i loro figli.

Erano in quattro e Josephine, come preferivano chiamarla, era la più giovane.

Per quanto li riguardava, i loro altri figli avevano fatto tutto ciò che ci si aspettava da loro.

Praticavano sport, eccellevano nelle attività extracurricolari e raramente rispondevano male.

Ogni volta che parlavano dei loro figli alle feste, i loro amici che stessero attraversando normali e difficili periodi di crescita di adolescenti, erano gelosi di loro.

Ciò che non sapevano, tuttavia, era che, come i loro genitori, i bambini Reyes erano molto bravi a vivere una doppia vita.

Il loro figlio maggiore era un atleta di punta nella sua scuola di preparazione e poi ad Harvard, ma tra una domanda e l'altra si iscrisse alla scuola di legge e divenne uno dei maggiori commercianti di ecstasy e cocaina nelle leghe di Ivy.

Il loro secondo figlio, anche lui maschio, fu uno dei suoi primi clienti e un vero e proprio tossicodipendente che riuscì comunque a mantenere una media distinta a Dartmouth.

La loro figlia maggiore, la presidente della sua classe, una promessa olimpica di sci, aveva di mira la scuola di medicina alla Yale.

Lottava con la bulimia e l'anoressia da quando aveva undici anni e prendeva antidepressivi e sonniferi come se fossero stati caramelle.

Nessuno dei due genitori sapeva nulla della doppia vita dei loro figli.

Non perché fossero particolarmente bravi

nell'inganno, ma piuttosto non volevano guardarli troppo da vicino.

Joey sapeva tutto questo e odiava l'ipocrisia che era la sua esistenza quotidiana.

All'esterno, la sua famiglia era perfetta, tutta americana, fino ai capelli biondi e alla pelle baciata dal sole.

Ma ciò che stava appena sotto la superficie era un torrente di rabbia, delusione e risentimento che si erano accumulati nel corso della vita.

I suoi tre fratelli più grandi erano una squadra impenetrabile come i suoi genitori.

C'è stato un tempo in cui avrebbe voluto stare vicino a sua sorella, ma lei considerava Joey un fastidio, se non un parassita. E così, Joey si è abituata a stare da sola e a prendersi cura di sé.

Poi, arrivò Danny.

Danny Lebold non apparteneva a Bloomfield, o almeno era quello che dicevano tutti ogni volta che sussurravano il suo nome.

Sua madre era un'infermiera che faceva doppi turni

per pagare le tasse scolastiche. Voleva frequentare la scuola privata tanto quanto sua madre voleva mandarlo lì e si era sforzato di ottenere i voti migliori che poteva. Nel suo vecchio liceo sovraffollato, Danny prendeva tutte A e si arrabbiava ogni volta che riceveva qualcosa meno di un A-. Ma a Bloomfield, faticava.

Non c'erano posti durante la prima superiore, quindi si trasferì nel mezzo della seconda, quando uno studente fu espulso per aver guidato l'auto del preside della scuola nel lago mentre era ubriaco. I suoi genitori, naturalmente, si erano detti contro l'espulsione, ma non era il primo avviso allo studente, quindi i loro avvocati sono riusciti a convincerli a lasciar perdere.

Quindi, Bloomfield aveva un posto per Danny e lui ha colto al volo l'occasione. Ma entrare nel mezzo dell'anno scolastico fu l'inferno.

Non solo la maggior parte dei bambini si conoscevano dalla scuola materna, ma l'educazione nella sua scuola pubblica non era affatto rigorosa come lì.

L'anno prima, hanno avuto un altro trasferimento. Quel ragazzo aveva la personalità di un candidato politico durante una campagna, quindi divenne rapidamente il ragazzo più popolare nel campus. Ma Danny era timido e silenzioso e non molto bravo a chiacchiere ed era per questo che l'unica persona a Bloomfield che si affezionò immediatamente a lui fu Josephine Reyes.

Quando Joey si avvicinò per la prima volta a Danny, era seduto nell'angolo della sala da pranzo con la testa sepolta nel *Signore degli Anelli*.

Non aveva mai letto quel libro da sola, ma ciò non le impedì di sedersi accanto a lui e presentarsi.

Non era mai stata particolarmente estroversa, ma qualcosa in questo nuovo ragazzo le diede la forza di superare la sua timidezza.

Era alto e abbronzato, con bellissimi occhi verdi. Era anche piuttosto attraente, anche se non sembrava affatto rendersene conto.

Parlarono di lezioni (la signora Matusiak faceva i peggiori test del mondo) e di sport (nessuno dei due era un grande fan, né del gioco né del tifo) e dei film (avevano entrambi amato *Jurassic Park* e *The Firm* e

Joey non vedeva l'ora di vedere *Intervista col Vampiro*).

Aveva letto il libro prima, proprio come faceva sempre, ma non era una di quelle persone che pensavano automaticamente che il libro fosse migliore del film.

Per lei, il film era un mezzo completamente diverso, quindi non si sarebbe mai aspettata di vedere l'intero libro spiegarsi riga per riga sullo schermo.

Se fossero riusciti a catturare anche solo un po' il tema e il tono del libro e avessero finito per fare un buon film, sarebbe stata soddisfatta.

Danny, invece, non era così. Per lui, nessun film era mai all'altezza di come lo vedeva nella sua testa e sulle pagine dei libri e questo lo aveva sempre lasciato frustrato e infastidito da qualsiasi adattamento cinematografico.

Joey e Danny litigarono su molte cose durante il loro primo anno di amicizia, ma nessuno dei litigi fu mai presi sul serio da nessuna delle parti.

Erano più simili a discussioni, in ognuna delle quali cercavano di convincere l'altro di avere ragione.

Ed è stato in uno di quei momenti che hanno compreso quanto l'altra persona significasse davvero per loro.

La prima volta che Joey e Danny si baciarono, lui l'aveva incontrata vicino al suo armadietto, aveva detto qualcosa di divertente che l'aveva fatta sbuffare, e poi aveva premuto le sue labbra sulle sue.

Lei continuò a ridere per alcuni istanti prima di rendersi conto di quello che era successo e poi gli gettò le braccia attorno al collo e gli spinse la lingua in bocca.

Joey aveva una cotta per Danny dal primo giorno in cui si erano incontrati.

Voleva chiedergli di uscire, ma quella era la scuola superiore ed era troppo timida ed inesperta e pensava che diventare amici sarebbe stato più facile.

Non sapeva che ciò avrebbe effettivamente complicato la questione.

A Danny piaceva da prima ancora che lo salutasse. L'aveva vista a scuola e gli piaceva il suo modo di essere tranquilla. Gli piaceva anche il suo ombretto scuro e il fatto che disegnasse stelle con la penna blu sulle sue scarpe da ginnastica.

Ma più si avvicinavano come amici, più difficile era per lui fare una mossa.

E se non fosse stata interessata a lui in quel modo?

Cosa sarebbe successo?

La loro amicizia sarebbe sopravvissuta alla sua cotta?

Danny decise di aspettare, o per la sua paura di placarsi o per il suo coraggio di moltiplicarsi.

E poi, in un momento in cui lei rideva istericamente, con i capelli che le ricadevano in faccia e gli occhi chiusi, ci aveva provato.

Aveva provato a farlo prima, ma la sua paura lo aveva sempre fermato.

Non questa volta.

Questa volta, fece solo un passo in più e lasciò che la sua bocca facesse il resto.

CAPITOLO TRENTACINQUE

QUANDO JOEY ARRIVÒ nel New Mexico, era la prima volta che vedeva la maestosità della montagna viola.

Le colline circondavano la strada da entrambi i lati, salendo in alto, quasi baciando il cielo incredibilmente blu.

La terra era marrone rossastra, per abbinarsi al sole al tramonto, e le vedute le toglievano il respiro.

Guidando attraverso Albuquerque, si innamorò dell'autostrada color salmone e dei cavalcavia blu turchese.

Il cielo senza nuvole che permetteva al sole di

splendere brillantemente sollevò qualunque preoccupazione stesse trasportando su di sé. Era quasi come se avesse lasciato tutto nel suo passato da qualche parte a est e avrebbe potuto ricominciare la sua vita qui.

Quando arrivò a Phoenix e vide il suo primo cactus che torreggiava nel deserto con i suoi spessi rami rotondi che arrivavano fino al cielo, fermò la macchina per dare un'occhiata più da vicino.

Esaminando il suo delicato frutto e le spine protettive, decise che d'ora in poi non sarebbe più stata Josephine Rose Reyes.

Il suo nuovo nome sarebbe stato Joey Lebold e se non le fosse piaciuta la California, sarebbe tornata in Arizona e avrebbe vissuto lì.

La bambina diede un calcio e si mise una mano sulla pancia e le disse dei suoi piani ad alta voce, in modo che potesse sentire.

Questo sembrò calmarla, perché i calci cessarono e si mosse in modo da non premere così forte contro l'esofago di Joey, provocandole il bruciore di stomaco.

Se solo Danny fosse qui, pensò, e si asciugò una

lacrima. Non poteva a pensare troppo a lui perché sarebbe iniziata una cascata di lacrime.

Sfortunatamente, le lacrime non erano dovute solo agli ormoni. Danny avrebbe dovuto essere lì. Avrebbero dovuto fare questo viaggio e iniziare la loro vita insieme.

E se non fosse stato per quell'incidente, lo sarebbero stati.

Quando avevano scoperto che era incinta, erano terrorizzati. Avevano usato la protezione, ma una volta il preservativo si ruppe e lei non riuscì a prendere la pillola del giorno dopo senza prescrizione medica e non riuscì a ottenere una prescrizione senza andare dal medico.

Non poteva andare dal dottore senza che i suoi genitori lo scoprissero.

Quindi, avevano semplicemente pregato che andasse bene.

Ovviamente, non successe.

E dopo?

Non era sicura di cosa fare o perfino di cosa volesse fare.

Danny era spaventato quanto lei, quindi avevano fatto quello che fanno spesso gli adolescenti, avevano aspettato che il problema scomparisse.

Ma non era andato via.

Il suo ventre era diventato sempre più grande e dopo un po' la decisione fu presa per loro.

Fu allora che Danny le chiese di sposarlo.

Lei disse di sì e lui le mise un anello al dito.

Questo era stato prima che lo dicessero alla madre di lui, la quale li aveva cacciati entrambi fuori di casa. Fu prima di dirlo ai genitori di lei, che l'avevano costretta a togliersi l'anello dal dito, chiamarono il loro medico di famiglia per una telefonata di emergenza e cacciarono Danny fuori di casa.

I suoi genitori insistettero per un aborto e le proibirono di rivedere Danny.

Sua madre gli disse che non si era spaccata la schiena per tutta la vita per un bambino che avrebbe buttato via tutto il suo futuro con una ragazza trasandata.

Disse che l'unico modo per permettergli di tornare a casa era se avesse scaricato Joey e non avesse mai visto il bambino.

Fu allora che Danny e Joey fecero i loro piani.

Volevano scappare insieme.

Si sarebbero sposati a Las Vegas e avrebbero iniziato la loro vita lontano dai loro genitori terribili che non capivano nulla dell'amore o della famiglia.

Stavano per sgattaiolare fuori nel mezzo della notte e guidare la macchina di Danny per ore per allontanarsi il più possibile da lì.

Ma quando Joey arrivò sul marciapiede con le sue borse, Danny non si fece vedere.

Aspettò ore e alla fine chiamò casa sua verso le otto di quella mattina.

Sua madre rispose.

Stava singhiozzando e Joey riusciva a malapena a capire cosa stesse dicendo.

Più tardi, quella mattina, apprese che Danny era morto.

Era morto la notte prima, in un incidente d'auto, quando qualcuno lo aveva tamponato e spinto nel traffico.

Più tardi, dopo il funerale, un agente di polizia prese Joey da parte e, dopo alcune domande, rivelò che Danny aveva con sé due valigie con tutto ciò che possedeva.

Non l'aveva tradita.

Era morto mentre stava andando da lei per scappare con lei.

Fu allora che Joey prese la decisione di non tradirlo.

Due settimane dopo, mise in atto il loro piano e tre settimane dopo, vide il cartello che la accoglieva in California.

NICHOLAS

DOPO...

CAMMINO fuori dall'hotel come un uomo distrutto.

Avrei voluto più tempo per spiegare, ma in fondo quello che volevo davvero fare era convincerla che non l'ho tradita.

Ma più tempo le avrebbe fatto capire?

Di cosa sto cercando di convincerla, esattamente?

Che in qualche modo non ho incontrato un agente dell'FBI e gli ho riferito di suo fratello?

Che non abbiamo rubato quel dipinto per aiutare me, e non noi?

Le ho detto troppe bugie.

Mi hanno finalmente raggiunto e poiché non le ho mai detto che la amo, ora non saprà mai la verità.

Salgo in macchina e inizio a guidare.

Non so dove, ma è bello semplicemente andare.

Oltre a Olive, non ho bisogno di nient'altro, qui.

Posso ottenere un documento falso ovunque mi trovi.

Nessuno mi sta ancora cercando e ho un po' di tempo.

Forse ho troppo tempo e troppe opzioni.

Vedo le linee bianche tra le corsie scomparire sotto la mia macchina.

Il mondo diventa confuso, ma continuo a guidare.

Dove vado, ora?

Dove posso andare?

Ci rivedremo mai?

GRAZIE PER AVER letto DIMMI DI CORRERE!

Spero che ti sia piaciuto continuare la storia di Nicholas e Olive. Non puoi aspettare per scoprire quello che succede dopo?

Leggi in un click DIMMI DI LOTTARE ora!

Sono un uomo che prende quello che vuole.

Cosa voglio? Lei.

Olive Kernes è in debito con me, e pensa di avermi ripagato.

Ma ora voglio di più.

Voglio più del suo tempo.

Voglio più del suo corpo.

La sua nuova vita ci ha separati.

Ora, tocca a me mettere a posto le cose.

Rimetterò insieme i pezzi del nostro amore, fosse l'ultima cosa che faccio.

Ma riuscirò a farlo in tempo?

Immergiti nel pericoloso quinto libro della nuova, avvincente serie TELL ME dell'autrice bestselling Charlotte Byrd.

Leggi in un click DIMMI DI LOTTARE ora!

Apprezzo quando condividete i miei libri e ne parlate ai vostri amici. Le recensioni aiutano i lettori a trovare i miei libri! Per favore, lascia una recensione sul tuo sito preferito.

ISCRIVITI ALLA MAILING LIST E READER CLUB DI CHARLOTTE BYRD

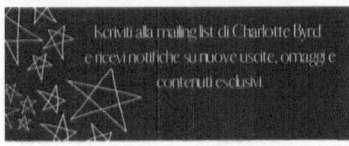

LIBRI DI CHARLOTTE BYRD

Tutti i libri sono disponibili presso TUTTI i maggiori rivenditori! Se non riesci a trovarli, manda una e-mail a charlotte@charlotte-byrd.com

Serie *La Serata Proibita*
La serata proibita
Le regole proibite
I legami proibiti
Il contratto proibito
I limiti proibiti

Trilogia *La Casa di York*
La casa di York

A PROPOSITO DI CHARLOTTE BYRD

CHARLOTTE BYRD è un'autrice best seller di molti romanzi rosa. Vive nella California del sud con suo marito, il figlio e un Australian Shepherd pazzerello. Ama i libri, il caldo e le acque crystalline.

Scrivile a:

charlotte@charlotte-byrd.com

Puoi dare un'occhiata ai suoi libri su:

www.charlotte-byrd.com

Seguila qui:

www.facebook.com/charlottebyrdbooks

Instagram: @charlottebyrdbooks

Twitter: @ByrdAuthor

Facebook Group: <u>Charlotte Byrd's Reader Club</u>

Iscriviti alla mailing list di Charlotte Byrd
e ricevi notifiche su nuove uscite, omaggi e contenuti
esclusivi.

Puoi anche iscriverti al gruppo Facebook,
<u>**Charlotte Byrd's Reader Club**</u>, per
partecipare a esclusivi giveaways e scoprire le
anticipazioni sui miei prossimi lavori.